PROTEGGERE JESSKYA

Armi & Amori, Book 7

SUSAN STOKER

Copyright © 2020 di Susan Stoker
Titolo originale: *Protecting Jessyka*
Traduzione dall'inglese: Emanuele Mazzola per Well Read Translations
Design di copertina: Chris Mackey, AURA Design Group
Correzione bozze: Anna Maria Sacchi
Prodotto negli Stati Uniti

Also by Susan Stoker

Armi e Amori
Proteggere Caroline
Proteggere Alabama
Proteggere Fiona
Il Matrimonio di Caroline
Proteggere Summer
Proteggere Cheyenne
Proteggere Jessyka
Proteggere Julie
Proteggere Melody
Proteggere il Futuro
Proteggere Kiera
Proteggere i figli di Alabama
Proteggere Dakota

Delta Force Heroes
Salvare Rayne
Salvare Emily
Salvare Harley
Il Matrimonio di Emily
Salvare Kassie
Salvare Bryn
Salvare Casey
Salvare Sadie
Salvare Wendy
Salvare Mary

CAPITOLO UNO

BENNY SPINSE VIA il piatto con il pasto riscaldato al microonde, che era appoggiato sul tavolino della cucina. Gli piaceva cucinare, era perfino portato, ma non aveva voglia di mettersi a spadellare per mangiare da solo.

Da quando i suoi compagni SEAL, i suoi amici, avevano trovato le relative anime gemelle, passavano sempre meno tempo insieme. Non che Benny fosse invidioso dei suoi amici, che avevano trovato una donna da amare e da proteggere. Lui voleva bene ad Ice, Alabama, Summer, Cheyenne, quasi come se fossero le sue sorelle. Per loro era disposto a combattere, perfino a morire, semplicemente perché erano le compagne dei suoi amici. Ma ora riusciva a vedere cosa mancava, nella sua vita.

Benny stava pensando seriamente di chiedere il trasferimento a un'altra squadra di SEAL. Sapeva che sarebbe stato straziante, trasferirsi, ma non sapeva quanto a lungo avrebbe potuto sopportare di vedere ciò che i suoi amici avevano, sapendo che quel tipo di amore era fuori dalla sua portata.

Bevve un lungo sorso dal bicchier d'acqua che si era versato, per accompagnare la sua cena improvvisata, ripensò all'ultima occasione in cui si erano trovati tutti insieme, all'*Aces Bar and Grill*. Questo era un localino raccolto, ma sempre pulito e relativamente tranquillo. Era anche senza dubbio un locale in cui si rimorchiava, proprio per questo l'avevano scoperto. Ma dato che ci andavano a mangiare e a bere da molto tempo, ormai si sentivano quasi come a casa.

Benny sapeva che lui e i suoi amici potevano attirare l'attenzione ovunque si recassero. Erano abituati a frequentare quel locale proprio per trovare compagnia femminile, ma dato che ognuno degli altri della squadra aveva trovato la donna giusta e si era impegnato, il loro motivo per incontrarsi era cambiato. Ora si godevano l'atmosfera e il loro spirito di squadra. Ma facevano sempre parte dei SEAL. Erano uomini muscolosi, che piacevano sempre alle donne.

Benny era il più giovane del gruppo. Era alto circa uno e ottanta, aveva i capelli castani. Alcune donne, in passato, gli avevano detto che aveva degli occhi unici, del colore del cioccolato sciolto. Ma Benny non si era convinto, per lui erano solo marroni.

Col tempo, Benny e i suoi amici avevano frequentato l'*Aces*, conoscendo per nome tutti i camerieri e i baristi, così come tutti, a loro volta, conoscevano per nome gli uomini della squadra. Purtroppo, era anche il luogo in cui Cheyenne, Summer e Alabama erano state rapite, proprio sotto il naso di Mozart, durante un'uscita tra donne. Per fortuna, era andato tutto bene e nessuno si era fatto male gravemente, né tantomeno era rimasto ucciso.

La settimana precedente, la squadra intera si era trovata a cena, per bere e conversare, cercando di allontanare i cattivi ricordi di quanto era accaduto nel locale. Benny sapeva che, fosse stato per i suoi amici, non avrebbero mai rimesso piede in quel posto, ma le signore, da donne forti e cocciute quali erano, avevano insistito. Loro si erano messi a ridere, le donne avevano perfino versato qualche lacrima, ma alla fine ritornare era stata la decisione giusta.

Però c'era qualcosa, di quella uscita, che dava fastidio a Benny. Non riusciva a togliersi dalla testa lo sguardo di Jess. La loro solita cameriera aveva camminato con passo incerto fino al loro tavolo, aveva un'andatura leggermente zoppicante, quando le aveva preso delicatamente il braccio per impedirle di andarsene via subito, lei aveva reagito facendo una smorfia.

Tutti gli uomini presenti al tavolo l'avevano notato, quella smorfia non era piaciuta a nessuno. Non serviva un genio per accorgersi che le aveva fatto male, quando Benny le aveva preso il braccio, eppure non l'aveva afferrata con forza, non l'aveva stretta, aveva solo cercato di non farla andare via. Adesso che Benny ci pensava, Jess ultimamente non era più la stessa. Quando si erano incontrati le prime volte, era sempre pimpante ed estroversa, rideva sempre, scherzava con tutti loro.

Ma nell'ultima settimana era stata più tranquilla, sempre con gli occhi abbassati. Anche le maglie a maniche lunghe erano una novità. Anzi, più Benny pensava a lei, più si preoccupava. Chiunque si stesse approfittando di lei, lo faceva in modo intelligente. Teneva le mani lontano dal suo volto, dove ogni segno di violenza sarebbe stato più che evidente. Se Jess si fosse presentata con un occhio nero, o con un labbro gonfio, nessuno dei ragazzi avrebbe esitato a intervenire.

Ma se i lividi e le ferite sul suo corpo si nascondevano sotto i vestiti, nessuno poteva avere la certezza degli abusi. A Benny non piaceva il sospetto che Jess subisse delle molestie. Di questo era certo.

In realtà, non aveva mai pensato a Jess in *quel* modo... fino a quel momento. L'aveva sempre incontrata solo nel locale. Faceva parte delle loro uscite. Era un'ottima cameriera, portava sempre da bere e riempiva loro i bicchieri, sempre col sorriso sulle labbra, ma lasciando loro tutto lo spazio e la libertà per divertirsi.

Quando le ragazze erano state rapite dal locale, Benny sapeva che Jess si era subito avvicinata a Fiona e Caroline per aiutarle a calmarsi. Le aveva portate nell'ufficio sul retro, era rimasta con loro finché la squadra non aveva deciso che era abbastanza sicuro lasciarle andare.

Ripensandoci, Benny improvvisamente si sentì male. Forse avevano approfittato della sua ospitalità, della sua natura accogliente. Poi avevano portato via le loro donne, ma avevano lasciato là Jess, senza nemmeno preoccuparsi della *sua* sicurezza.

Benny proprio non riusciva a mettere insieme la bontà e la gentilezza di Jess verso le donne dei suoi compagni di squadra, le attenzioni che aveva sempre avuto nei loro confronti, con l'immagine di una persona che vivesse con qualcuno che abusava di lei. Doveva esserci un motivo, ma Benny non riusciva a capire quale potesse essere.

Balzò in piedi dal tavolo della sua cucina, sentendosi improvvisamente in missione. Non avrebbe resistito un momento di più senza andare a vedere come stava Jess. Il suo cuore gli faceva presagire qualcosa di negativo, e un SEAL non ignora mai quel tipo di sensazioni.

Jess probabilmente stava bene. Molto probabilmente si trovava al locale, l'avrebbe accolto con un saluto, come faceva sempre, vedendolo entrare.

Ormai determinato, Benny afferrò le sue chiavi dal cestino vicino alla porta e si diresse alla sua macchina, prima ancora di decidere lucidamente cosa fare.

Mentre la sua cena riscaldata al microonde si raffreddava, dimenticata sul bancone della cucina, Benny faceva manovra per uscire dal parcheggio del suo condominio.

Andrò a prendermi un hamburger, non vado certo solo per controllarla. Ho fame. Se la trovo, ottimo, avrò calmato la mia curiosità e poi tornerò a casa. Sono sicuro che stia bene. Forse sto solo reagendo un po' troppo.

CAPITOLO DUE

Jessyka Allen sospirò. La sua settimana era stata uno schifo. In realtà, tutto il mese aveva fatto schifo. Sospirò di nuovo. La sua intera *vita* faceva schifo. Non aveva idea di come fosse arrivata al punto in cui era... bloccata, senza molte scelte. Non avrebbe mai creduto di essere il tipo di persona che frequentasse qualcuno che le faceva del male, eppure era così.

Era stato sempre facile dire "la prima volta che qualcuno mi fa del male, me ne vado", ma la vita le aveva dimostrato che era molto più facile a dirsi che a farsi.

Jess era cresciuta in un quartiere di periferia, a Los Angeles. I suoi genitori non erano ricchi, ma nemmeno poveri. Aveva sempre potuto comprarsi i vestiti che voleva, alle superiori aveva delle ottime amiche. Non era certo la ragazza più in vista della scuola, ma non era nemmeno una sfigata.

Jessyka era nata prematura, di conseguenza aveva

una gamba più corta dell'altra. Non che avesse delle storie drammatiche da raccontare, al riguardo, solo che camminava male, aveva sempre camminato male. Crescendo, l'avevano presa in giro, ma Jess aveva imparato a ignorare chi la trattava in quel modo, così maleducato.

A volte le gambe le facevano male, soprattutto perché doveva sfruttare fin troppo i muscoli della gamba destra, per compensare la minor lunghezza della sinistra. I suoi genitori avevano provato a farle indossare delle scarpe col rialzo, ma Jess le odiava. Erano tutte molto brutte ed era evidente che la scarpa sinistra aveva una suola molto più spessa di quella destra. Così preferiva camminare male.

Aveva incontrato Brian in seconda superiore, erano stati amici in tutti gli anni di scuola. Solo dopo il diploma, quando avevano deciso di frequentare entrambi dei corsi al college vicino, avevano cominciato anche a uscire insieme. Brian era divertente, a Jess piaceva passare il tempo con lui. Dopo essere usciti per qualche anno, era diventato ovvio che non si sarebbero mai sposati, che non avrebbero avuto un futuro, insieme. Brian aveva un brutto carattere, mentre Jess era una persona del tutto rilassata. Si rifiutava di tenergli testa, quando si arrabbiava con lei, il che di solito lo faceva arrabbiare ancor di più.

Quando avevano smesso di stare insieme, il loro rapporto era migliorato. Brian sembrava essersi calmato, non mostrava più gli stessi segni di rabbia.

Quando i genitori di Jess si erano trasferiti dall'altra parte del paese, a lei serviva un posto dove stare, così Brian le aveva offerto di sistemarsi nella stanza degli ospiti della sua villetta. Jess aveva accettato subito. Le era sembrata la soluzione perfetta.

Le era sembrata ancor meglio dopo aver incontrato Tabitha. Era la nipote di Brian, la cui sorella viveva in una villetta vicina alla sua. Tabitha aveva dieci anni quando l'aveva conosciuta, per Jess era stato amore a prima vista. Era una bambina paffutella, con un cuore grande. La sorella di Brian, Tammy, invece era incasinata. Era una mamma single e lavorava continuamente. Quando non lavorava, comunque non si vedeva tanto a casa, così Jess era diventata per Tabitha come una seconda madre.

Però Tabitha era una bambina estremamente sensibile. Prendeva tutto a cuore. Jess un giorno l'aveva trovata che piangeva a sfinimento dopo aver visto un gatto morto in mezzo alla strada, vicino a casa. Jess aveva provato a consolarla, ma il morale di Tabitha era rimasto a pezzi per almeno una settimana, dopo quel giorno.

Brian non aveva per nulle pazienza, con sua nipote. Aveva detto a Jess che era una ragazzina che si lagnava sempre, e che non sarebbe mai arrivata da nessuna parte, nella vita.

Negli ultimi quattro anni, Brian aveva cominciato a usare parole sprezzanti anche nei confronti di Tabitha. Non gli importava di sminuirla davanti agli altri, aveva cominciato a fare ramanzine anche a Jessyka. Ormai si era arrivati al punto che Jess sapeva che Tabitha era depressa. Aveva provato a parlarne con Tammy, ma lei si era incavolata e le aveva detto di farsi gli affari suoi.

Negli ultimi due mesi, Brian aveva ricominciato a scagliarsi verbalmente contro Jess. Aveva cominciato a maltrattarla a parole, ma era presto arrivato a strattonarla, spingerla, infine a colpirla. Jess non sapeva mai cosa potesse provocarlo. Era totalmente instabile. Il minuto prima era lì che rideva, quello dopo le saltava addosso, sbraitandole in faccia quanto fosse sfigata e perdente.

Jess sapeva di doverne uscire, ma ormai era diventata accondiscendente. Il suo lavoro di cameriera non le faceva guadagnare molto, sapeva di non avere abbastanza risparmi per andare a vivere da sola, per il momento. Probabilmente avrebbe potuto recarsi in volo in Florida, per vivere con i suoi genitori, per un certo periodo, ma non voleva lasciare da sola Tabitha. Quella ragazzina aveva quattordici anni e c'era qualcosa di sbagliato in quel contesto.

Jessyka era sempre preoccupata per lei. Tabitha era introversa, triste. Jess passava tutto il tempo che poteva cercando di tirarla su di morale. Però era difficile, perché dall'ultima volta che Jess aveva provato a parlare con Tammy di sua figlia, lei aveva detto a Tabitha che Jess non era più la benvenuta a casa loro.

Così, ora Tabitha poteva andarla a trovare a casa sua, col rischio di trovarci Brian che la traumatizzava, oppure dovevano uscire. Se uscivano, Jess doveva pagare il pranzo, il gelato, o che altro. Erano soldi che avrebbe potuto risparmiare per trovarsi un posto in cui andare a vivere per conto suo. Era un circolo vizioso, ma Jess sapeva di non poter abbandonare Tabitha. Le voleva bene, e Tabitha aveva bisogno di lei. Così era rimasta.

Jess aveva concluso di poter andare avanti così. In fondo Brian non le stava facendo *davvero* male. Poteva sopportare qualche livido. Non era un dramma.

Ma, nel profondo, sapeva che in realtà *era* un dramma. Jess lavorava in un locale bar. Aveva visto scene simili, di tanto in tanto, con i clienti. Aveva notato come si intensificava la violenza. Jess si sentiva bloccata. Voleva andarsene, ma sapeva che andarsene avrebbe avuto conseguenze pessime per Tabitha. Ormai non sapeva più cosa fare. Le sembrava di sopportare un peso eccessivo, che la stava schiacciando.

Jess ruotò la testa per cercare di rilassare la tensione, ma fece una smorfia. Cavolo. Si era dimenticata della spalla. Brian le aveva torto un braccio quel pomeriggio, prima che uscisse per andare a lavorare. Jess era stata a trovare Tabitha, poi era tornata all'appartamento appena in tempo per cambiarsi e uscire per il lavoro.

"Dove sei stata?" le aveva chiesto Brian, con tono rabbioso e inquisitorio.

"Sono andata a trovare Tabitha." Jess aveva tenuto la voce bassa e atona, sapendo che Brian le avrebbe fatto pagare qualunque accenno di durezza nella voce.

"Non so perché ci tieni tanto; è grassa. Sarà sempre

grassa. Poi è anche stupida. Tammy mi dice sempre che è una stupida, è perfino in imbarazzo che sia figlia sua."

"Non è una stupida, Brian. Ho letto alcune delle storie che scrive. Anzi, ha molto talento e so che un giorno diventerà una scrittrice famosa."

"Ma che cazzo ne sai tu, sfigata? Sei proprio una stupida, come lei. Fai la cameriera in un locale di merda. Che perdente! Ma lo sai che ti prendono tutti in giro alle spalle, o no? Io me ne sono accorto. Cammini a fatica tra i tavoli e tutti ti ridono dietro, scommettono se farai cadere o meno il vassoio."

Jess aveva fissato Brian, incredula delle parole che gli uscivano dalla bocca. Come erano arrivati a quel punto? Cosa gli aveva fatto, per farlo star così male in sua presenza? In passato, erano stati amici.

Male interpretando il suo sguardo, Brian aveva continuato. "Sei sorpresa, stupida? Sì, ti ridono tutti dietro, specialmente quei tipi, i militari. Scommetto che ti sei fatta dei castelli in aria su di loro, delle fantasie. Ma dai, lascia perdere. A loro piacciono solo le donne belle, donne perfette."

Le parole di Brian l'avevano colpita duramente, era proprio quello che voleva lui.

"Ma cosa ci è successo, Brian?" Jess non era riuscita a trattenere quelle parole, le pensava da tempo, quel suo attacco gliele aveva fatte saltar fuori. "In passato, eravamo amici."

"Gli amici non si attaccano come le sanguisughe," le replicò immediatamente. "Io mi faccio il culo per l'azienda edile, mentre tu porti a casa pochi centesimi e pretendi anche di pagare la tua parte equamente. Santo cielo, Jess, non posso credere che non ci sei ancora arrivata."

"Ma, Brian..." cominciò Jessyka, non sorpresa dall'essere interrotta.

"No, Jess, mi fai pena." Le si era avvicinato, ma Jess aveva fatto un passo indietro.

"Tu ti trascini tutto il giorno, ti vesti in modo sciatto, schifoso, e ti aspetti che tutti ti amino." Brian l'aveva presa per il braccio e glielo aveva torto, mentre cercava di spiegarsi.

"Io mi faccio il culo e tu vizi mia nipote. Mia sorella ti odia, e tu non te ne accorgi. Cazzo, non so come faccio a sopportarti."

Senza preavviso, Brian aveva sollevato la mano libera e gliela aveva messa intorno al collo. Poi aveva cominciato a farla indietreggiare, fino a metterla schiena al muro.

Jess respirava velocemente, aveva portato entrambe le mani al collo per liberarsi dalla presa di Brian.

"Brian, ti prego..."

Lui le aveva stretto la gola. "No, sono stufo di questa merda. Hai fino a fine mese e poi te ne devi andare. Davvero. Hai nove giorni, stronza."

Jess si era limitata a guardarlo. Ormai non somigliava più al Brian che aveva conosciuto. Aveva la faccia tutta contratta, da una rabbia irrazionale che non aveva mai visto prima. Aveva cercato di aprire la bocca per parlare, per dirgli qualcosa che lo calmasse, ma lui aveva stretto ulteriormente la presa al suo collo.

Cazzo. Non la lasciava andare. Le mani di Jess si erano aggrappate alla mano con cui Brian le stringeva la gola, lei si dimenava per cercare di liberarsi.

Alla fine, con una smorfia disumana, l'aveva mollata. Prima ancora che Jess potesse riprendere fiato e allontanarsi da lui, le aveva piegato il braccio che ancora impugnava e glielo aveva tirato, tenendoglielo contro la schiena.

"Dico sul serio, stronza. Nove giorni. Hai capito?"

Jess era riuscita solo ad annuire freneticamente, cercando di non sentire il dolore che Brian le provocava, torcendole il braccio ad un angolo innaturale. Aveva deglutito a fatica, pregando che la lasciasse andare.

Quando l'aveva mollata, Jess non si era nemmeno guardata dietro, era volata sulle scale per andare in camera sua. Aveva sbattuto la porta e si era chiusa a chiave. Non che quella serratura così traballante potesse tenere fuori Brian, qualora lui avesse deciso di entrare, ma almeno così si sentiva un po' meglio.

Ora Jess era al lavoro. Doveva trovare una soluzione sul da farsi. Non voleva tornare al suo paese, nemmeno per i nove giorni che Brian le aveva lasciato, ma non sapeva dove altro andare. Non aveva scelta. E poi non voleva abbandonare Tabitha. Chissà come, sapeva che quella ragazzina frequentava quella casa solo perché c'era lei. Jess lo sapeva, se l'avesse detto ad alta voce a chiunque, le avrebbero risposto che era un po' presuntuosa, ma nel profondo lei sapeva che, se Tabitha avesse pensato che Jess la stava abbandonando, sarebbe caduta a pezzi.

Jess afferrò il vassoio pesante e cercò di non traballare. Non aveva idea di cosa fare, ma prima doveva concludere il suo turno di lavoro. Poi ci avrebbe pensato.

———

Benny fece manovra nel parcheggio dell'*Aces* e spense il motore. Non aveva idea di cosa stesse davvero facendo, ma sentiva come una voce nella coscienza che gli diceva di non lasciar perdere. C'era qualcosa che non tornava, poi a lui piaceva Jess. Non che la conoscesse veramente, ma comunque gli piaceva.

Mise in tasca le chiavi della macchina mentre camminava verso la porta d'ingresso del locale. Quando entrò, gli servì qualche attimo per abituare gli occhi all'oscurità. Era molto tempo che non si presentava così tardi. Di solito veniva con gli altri della squadra e con le loro compagne verso ora di cena, per poi andarsene intorno alle dieci. Alle undici, il locale era ancora affollato e le luci erano abbassate.

Benny si guardò intorno e non vide Jess. Si incamminò fino al bancone del bar e si sedette su uno sgabello vicino al muro, in modo da poter vedere tutto l'ambiente. Ordinò una birra alla spina e si prese molto tempo per sorseggiarla. Ignorò gli sguardi di due donne dall'altra parte del locale, non era andato a rimorchiare, rimase concentrato a cercare con gli occhi Jess.

Finalmente la vide. Jess aveva grosso modo la sua età, quasi trent'anni o poco più. Aveva la pelle molto chiara, che le dava un aspetto più fragile di quanto non fosse in realtà. Era poco più bassa del suo metro e ottanta. Aveva un corpo formoso, Benny notò quella sera per la prima volta che riempiva i suoi vestiti in un modo tremendamente sensuale.

Faceva fatica a tenere in equilibrio un vassoio pieno di bottiglie e bicchieri vuoti, mentre camminava tra la folla dei clienti del locale. Benny si alzò in piedi per raggiungerla.

A Benny sembrava che Jess camminasse più a fatica del solito. Non aveva la più pallida idea del perché camminasse male, sapeva solo che lo faceva da sempre. L'avevano notato tutti, la prima volta che si erano incontrati in quel locale, quando Wolf aveva fatto un commento al proposito, lei gli aveva lanciato un'occhiataccia killer. Così nessuno aveva più chiesto niente. In fondo, aveva anche lei diritto ai suoi segreti, e poi era stato un po' maleducato da parte di Wolf chiederle spiegazioni.

Raggiunse Jess proprio mentre veniva urtata da qualcuno alla schiena. Sarebbe volata a terra, se Benny non avesse afferrato il vassoio con una mano e la sua vita con l'altra. La trattenne, ruotandola con una mossa che avrebbe ricevuto punteggi molto alti, se fosse stata un qualche tipo di gara; salvò da una fragorosa caduta per terra sia lei che il vassoio.

"Grazie," sussurrò Jess, grata di non essersi ritrovata seduta nel bel mezzo di un pavimento sporco e pieno di vetri rotti.

"Ci mancherebbe."

La voce che aveva sentito era profonda e stranamente familiare.

Jess guardò in alto. Wow, era uno dei suoi SEAL. Non ricordava con certezza il suo nome. Aveva sentito tutti i loro nomi più di una volta, ma era terribilmente confusa, perché in alcune occasioni sentiva i loro soprannomi, in altre i loro nomi veri. Così non riusciva a ricordare bene chi fosse chi.

Quell'uomo continuava a trattenerla, finché lei non si mosse, cercando di liberarsi da quella presa. Lui la tenne ferma per un altro attimo, per poi lasciarla andare, sfregando la mano sul suo fianco.

Jess riuscì a controllare un tremore. "Ci penso io." Fece un gesto verso il vassoio che l'uomo stava ancora tenendo. Alcune delle bottiglie si erano rovesciate, ma non c'era niente di rotto..

"Vai pure avanti tu, Jess, a questo penso io."

Jessyka lo fissò per un momento. "Sai come mi chiamo?"

"Sì, guarda, vengo qua a mangiare con i miei amici da un'eternità, e tu sei sempre stata la nostra cameriera. Quindi so come ti chiami."

Jess arrossì. Merda. Ma certo che conosceva il suo

nome. Scosse la testa e cercò di stare al gioco. "Non ero sicura. Andiamo." Si voltò di spalle e lo guidò verso il bancone del bar, pieno di clienti. Una volta arrivati, lui le consentì di riprendere il vassoio dalle sue mani per metterlo sul bancone.

Lei si voltò e disse: "Grazie ancora, se avessi rovesciato per terra tutte queste bottiglie sarebbe stato un disastro." Guardandosi intorno, chiese: "Dove sono i tuoi amici?"

Jess sapeva che quel tipo veniva sempre al locale con tutti gli altri SEAL. Negli ultimi mesi, li aveva guardati con un pizzico di gelosia. Gli uomini erano quasi tutti sposati o impegnati seriamente. Jessyka vedeva bene come trattavano le loro compagne. Mostravano un misto di indulgenza e protezione, con qualche tratto di carattere cavernicolo primordiale. Ma niente di esagerato. Erano un quadro davvero bello. Se Jessyka avesse avuto un uomo che la guardava come quegli uomini guardavano le loro donne, probabilmente non l'avrebbe mai abbandonato.

"Non so."

"Cosa?"

L'uomo le sorrise come sapendo che lei si era immersa per un momento in un sogno ad occhi aperti. "Ho detto che non so dove siano i miei amici. Probabilmente sono tutti a casa con le loro donne."

"Allora perché tu sei qui?" Jess fece una pausa, poi arrossì. "Oh, non importa. Scusa. Sì, perché mai gli uomini single vengono in questo locale? Io volevo..." le sue parole di imbarazzo vennero interrotte.

"Non sono qui per rimorchiare, Jess. Sono venuto per vedere come stavi."

"Io?" Jess lo guardò incredula.

"Sì, tu. Sono preoccupato per te."

"Eh, non vorrei essere scortese, ma tu non mi conosci."

"Jess, ti ricordi cosa ti ho detto poco fa? Ormai vengo in questo locale da molto tempo. So che hai cambiato comportamento negli ultimi mesi. Hai sempre camminato in modo strano, ma ultimamente la tua andatura è peggiorata. Ricordo che, l'ultima volta che ti ho vista, ti ho sfiorato il braccio e tu hai fatto una smorfia. Ricordo anche che di solito ti mettevi delle magliettine scollate a maniche corte, mentre adesso porti sempre maniche lunghe e collo alto. Siamo nel sud della California, non ricordo l'ultima volta che ho visto qualcuno indossare un maglione a collo alto. Bella, io sono un Navy SEAL, sono preparato per osservare i minimi dettagli. Forse qualcun altro non l'avrà notato, ma io sì. Non mi piace vedere una donna che fa una smorfia quando la tocco. Non mi piace perché so il motivo per cui lo fa. Per questo sono qui, perché sono preoccupato per te."

Jess si limitò a fissare quell'uomo così affascinante che stava in piedi vicino a lei, era basita. Come sempre, aprì la bocca prima che il cervello potesse elaborare. "Io non ricordo nemmeno come ti chiami."

Lui sorrise e scosse la testa. "Finirai mai di sorprendermi?" Ovviamente era una domanda retorica, infatti proseguì senza attendere la sua risposta. "Mi chiamo Kason. Kason Sawyer."

"È il tuo vero nome o il soprannome?"

"Il nome vero."

Dopo un attimo, Jess chiese: "Vuoi dirmi anche il tuo soprannome? So che ne avete tutti uno."

"No. Non mi piace, anche se ci sta tutto. I ragazzi mi possono chiamare col mio soprannome, ma tu no."

"Ma..."

"Tu stai bene?"

"Kason..."

"Non mentirmi, Jess."

"Jessyka!"

Si voltò verso il barista, che le faceva dei cenni, indicandole i drink appoggiati sul bancone, in attesa di essere consegnati ai tavoli.

"Devo andare."

"Quando smonti, stasera?"

Jess fissò Kason ancora per un momento. Non che non si fidasse di lui. Diamine, se non poteva fidarsi di un Navy SEAL, di chi altro poteva? Era solo confusa del perché fosse lì. Sì, probabilmente aveva notato tutti quei dettagli, ma comunque non la conosceva. Quindi non poteva essere *davvero* preoccupato per lei.

"Alle due."

"Ti aspetto."

"Kason..."

"Ho detto che ti aspetto."

Jess lo guardò ancora per un attimo, poi si voltò di scatto e si diresse verso il bancone per prendere i drink che doveva portare ai tavoli. Non aveva tempo di stare a preoccuparsi di Kason. Si sarebbe stancato di aspettare, quali che fossero i suoi motivi. Lei adesso aveva cose più importanti di cui occuparsi. In particolare, doveva pensare a dove diamine andare a vivere, a come racimolare abbastanza denaro per trovare un posto in cui trasferirsi da sola, entro nove giorni.

CAPITOLO TRE

BENNY OSSERVÒ JESS al lavoro per il resto del suo turno. Concentrò la sua attenzione su di lei al cento per cento, vedendo che non era affatto la stessa persona che aveva incontrato le prime volte che aveva incominciato a frequentare quel locale. Sì, era sempre efficiente, ottima nel suo lavoro, ma era diversa.

Prima era abituata a toccare tutti. Appoggiava una mano su un braccio del cliente, oppure toccava brevemente la mano quando ritirava i soldi. Era abituata a ridere di più, a scherzare molto. Ora non sorrideva più quanto prima, non scherzava affatto.

Era tutta concentrata sul lavoro... portava da bere ai clienti e ritirava i soldi. Più Benny ci pensava, più gli davano fastidio anche i suoi vestiti. Tutte le cameriere sapevano che, per ricevere più mance, era meglio indossare vestiti che non coprissero troppo. Benny non poteva intravedere nulla del corpo di Jess, tranne le mani e la faccia.

Benny sapeva che Jess non era a suo agio per la sua presenza, ma questo non lo fermò. Rimase a scherzare col barista, respinse ogni donna che gli si avvicinava. Lui era là per Jess, per null'altro. Non fu nemmeno tentato dalle donne che lo approcciavano. Nel passato, probabilmente avrebbe approfittato senza pensarci dell'occasione di passare una notte ricca di sesso con una qualunque delle donne presenti, ma non quella sera. Era completamente concentrato su Jess.

Benny attese che arrivassero le due del mattino, perché Jess smontasse dal suo turno di lavoro. Lei si mise le mance nella tasca anteriore dei jeans e sparì nel corridoio dell'ufficio. Tornò un momento dopo con la borsetta a tracolla e si diresse verso la porta di uscita, senza nemmeno guardarsi intorno per cercarlo.

Benny la seguì rapidamente e fece un cenno col mento al buttafuori. "Ci penso io. Controllo che sia al sicuro."

Il buttafuori annuì, conosceva Benny, l'aveva visto molte volte in giro e sapeva che era un SEAL.

Benny raggiunse Jess, che camminava nel parcheggio. "Posso portarti a casa?"

Jess si fermò nel bel mezzo del parcheggio e si voltò verso Kason. "Perché mi stai seguendo?"

"Pensavo ne avessimo già parlato, ma se vuoi posso rinfrescarti la memoria."

Jess scosse la testa con impazienza, era quasi sfinita.

"Senti, Kason, ho avuto una settimana terribile. Anzi, un mese terribile, non ho alcuna voglia di farmi prendere per il culo da te. Ho visto i tuoi amici. Sono troppo giovane per tutti voi. Sono contraria alle scopate da una notte e via. Non cerco un militare. Sono al verde, sfigata, troppo stanca per avere a che fare con qualunque cosa tu voglia chiedermi stasera. Quindi vattene via e lasciami stare. Va bene?"

Come se non avesse sentito una sola delle parole che gli aveva detto, Kason si limitò a rispondere: "Lascia che ti porti a casa."

Jess sospirò e abbassò lo sguardo a terra. Guardò indietro, verso il locale, poi si rivolse di nuovo a Kason. "Di solito prendo l'autobus."

"Per favore."

"Cazzo. Va bene, Kason. Puoi accompagnarmi a casa."

Benny prese Jess per il gomito e la diresse da un'altra parte, verso la sua auto. Aprì la macchina col telecomando mentre camminavano, poi le aprì la portiera. Attese che si sedesse, prima di chiuderle la portiera e di incamminarsi dall'altro lato. Sempre senza dire una parola, avviò il motore e fece manovra per uscire dal parcheggio.

"Dove devo andare?"

Jess trasalì. Ma certo, ovviamente non sapeva dove vivesse. "Abito nelle villette Pinehurst sulla Sunshine Way. Le conosci?" Jess lo vide annuire.

"Appoggia la testa e chiudi gli occhi, bella. Rilassati. Ci penso io."

Jess si lasciò sfuggire una mezza risata, ma poi fece come aveva detto Kason. Non perché glielo avesse ordinato, ma perché era davvero sfinita. Era dolorante. Era stanca. Era stressata. Quella breve pausa, in cui poter abbassare la guardia, era imprevista, ma apprezzata.

Jess sentì la macchina rallentare dopo un po', poi fermarsi. Riaprì gli occhi e le venne un colpo dalla sorpresa. Non erano a casa sua.

"Dove cazzo siamo?" gli chiese.

Benny si voltò sul sedile per poter guardare in faccia Jess. Si era diretto a un parco vicino, che sapeva essere tranquillo, e aveva parcheggiato lì. Aveva intenzione di parlarle, che lo volesse o meno.

"So che non ci conosciamo veramente, ma so che hai bisogno di un amico, Jess, e io ci sono. Non ti sto prendendo per il culo. Non sei troppo giovane per me. Anzi, probabilmente abbiamo solo cinque anni di differenza. Non sto cercando di passare la notte con te, non mi frega un tubo di quanti soldi hai, e non sei per niente sfigata. Se te lo sento dire un'altra volta, ti prendo in braccio per sculacciarti. E poi non puoi essere troppo stanca per farti ascoltare da qualcuno che ci tiene. Questo è quello che voglio. Adesso parla."

Jess si limitò a guardare Kason per un attimo, ripensando a quanto gli avevo detto nel parcheggio del locale. "Hai davvero risposto a ogni singola osservazione che ti ho fatto prima? Come hai fatto a ricordartele tutte?"

"Jess, concentrati."

"Ma io *sono* concentrata, Kason!" esclamò Jess. "Davvero! Ci sono rimasta."

"Ma hai sentito cosa ti ho detto?"

Jess annuì e si grattò una tempia. "Sì. Scusami. Ma sono stata sincera quando ti ho detto che ho avuto una brutta giornata. Mi dispiace se ho fatto la stronza."

"Non sei una stronza."

"A volte sì."

"Senza dubbio." Jess vide che Kason ridacchiava. "Tutte le mie amiche a volte lo fanno. Non è un gran problema. Ma anch'io ero sincero, nelle cose che ti ho detto prima. Sono preoccupato per te. Parlami. Ti prego?"

"Non so cosa vuoi sentirti dire. Mi sembra strano." Jess afferrò un filo che le pendeva dal fondo della maglietta. "Non sono abituata a raccontare tutti i miei problemi alle persone che non conosco"

"Mi chiamo Kason. Sono un Navy SEAL. Sono nella marina da circa dieci anni. Voglio molto bene ai miei amici. Sarei disposto a rischiare la mia vita per ciascuno di loro, e lo stesso vale anche per le loro donne. Mi piace molto cucinare, sono anche abbastanza bravo. Posso forzare una serratura prima di chiunque altro della mia squadra. Odio il mio soprannome, ma i ragazzi non lo cambieranno mai. Ormai è diventato uno scherzo che ci facciamo tra noi. Anzi, se me lo *lasciassero* cambiare, probabilmente non lo farei. Il mio colore preferito è il marrone. Un giorno mi piacerebbe comprare un terreno, dove poter andare quando non ho voglia di vedere nessuno. Difficilmente mi piacciono le persone, tanti sono maleducati, egocentrici, bugiardi. Ho visto più drammi nella mia vita di quanti se ne potrebbero sopportare. Amo i cani e spero di averne almeno quattro, quando avrò il mio terreno, un giorno. So di essere sempre un po' scontroso, al limite, ma semmai dovessi incontrare una donna che mi sopporti, la metterei al primo posto davanti a tutto. Ho visto come si comportano i miei compagni di squadra con le loro compagne, vorrei avere anch'io la stessa fortuna. Ormai sono rimasto l'unico single, quello strano della mia squadra di SEAL, e odio questa situazione. Stavo pensando di trasferirmi, ma non ne ho ancora parlato a nessuno."

Smise di parlare e Jess continuò a fissarlo. Alla fine, gli disse a bassa voce: "Perché mi hai raccontato tutte queste cose?"

"Perché voglio conoscerti, Jess. Ti racconto tutto di me, nella speranza che tu ti senta meno a disagio a parlarmi di te, a raccontarmi cosa cavolo ti sta succedendo."

Jess si leccò le labbra e si portò alla bocca un pollice. Pensò alle parole di Kason. Le aveva raccontato dei dettagli davvero molto personali.

"Jess," disse Benny, prendendole la mano per costringerla a smettere di mangiarsi l'unghia. "Guardami."

Quando lo guardò, Benny continuò. "Io penso che

siamo amici. Ormai ci conosciamo da un po' di tempo. Magari non siamo il tipo di amici che escono a farsi la manicure insieme, non andiamo a fare la spesa tutto il giorno, ma ti vedo da abbastanza tempo per sapere che c'è qualcosa di diverso. Lascia che ti aiuti. O almeno sfogati. Io ti aiuterò. Te lo prometto."

Jess sospirò. Le piaceva moltissimo la sensazione che aveva provato quando le aveva preso la mano, ma sapeva di non potersi abituare. Decise di imitarlo, ma comincio dalle informazioni più semplici.

"Mi chiamo Jessyka... si scrive con la 'y' e con la 'k', non con la 'i' e la 'c'. Penso che i miei genitori fossero ubriachi quando hanno scritto il mio nome nel certificato di nascita." Sorrise, per fargli capire che stavo scherzando. "Sono cresciuta nei sobborghi di Los Angeles, i miei genitori adesso fanno la bella vita in Florida. Mi piace il colore rosa e amo i cani, specialmente i segugi. Voglio un Basset Hound, un Bloodhound e un Coonhound[1] quando andrò a vivere per conto mio. Adesso faccio la cameriera e guadagno poco o niente, però il fatto è che mi piace. Incontro un sacco di belle persone." Sorrise verso Kason, senza smettere di parlare. Era arrivato il momento delle informazioni difficili.

"Non vivo da sola."

Benny sospirò dal sollievo. Grazie al cielo gli stava parlando di qualcosa di importante, ciò che la appesantiva. Gli piaceva conoscere meglio la vita di Jess, ma voleva saperne di più su ciò che le stava succedendo. Sperava comunque di avere più tempo in seguito per conoscere anche gli aspetti più leggeri. "Che problemi hai con lei?"

"Non lei, lui."

Benny si irrigidì. Un tipo? Viveva con un uomo? Immaginava fosse coinvolto un uomo, ma viveva con lui? Cazzo. "Vai avanti. Che problemi hai con lui?"

"Te la faccio breve, ci siamo incontrati alle superiori, abbiamo cominciato a uscire insieme. Dopo il diploma, abbiamo smesso di uscire, ma siamo rimasti amici. Mi sono trasferita da lui perché non avevo un posto dove stare, a lui non sembrava importare più di tanto. Adesso... abbiamo dei problemi."

"E perché cavolo ha smesso di uscire con te?"

"Eh?" Jess non riusciva a seguire il modo in cui Kason ragionava. Non diceva mai quello che lei si aspettava da lui.

"Perché non siete più usciti insieme? Cosa aveva che non andava?"

"Niente, credo. Solo che non c'era più lo stesso interesse."

"Che scemo."

Jess non era sicura di aver sentito bene le parole che Kason aveva mormorato, ma continuò senza chiedergli di ripeterle. "Insomma, abbiamo dei problemi e mi devo trasferire. Però sono preoccupata per sua nipote. È una ragazzina... vulnerabile, ho paura che se me ne vado farà qualcosa di male."

"Anche lei vive con voi?"

"No, ma vive nella stessa via, la vedo continuamente. Quando non è a scuola e io non sono al lavoro, passa tutto il tempo con me."

Kason strinse un pugno. "So che stai tralasciando dei dettagli importanti, bella, perché finora non capisco quale sia il problema." Alzò l'altra mano e fece passare l'indice sulla sua maglietta, all'altezza della gola. "Ma immagino che in parte il problema sia nascosto sotto questo collo alto."

Jess scattò all'indietro, allontanandosi dal suo tocco, per paura che potesse abbassare il collo alto della maglietta.

"Tranquilla, Jess," mormorò Benny, facendosi indietro e lasciandole più spazio.

"Non è..."

"Non dirmi che non è niente," sbottò Kason, con una voce molto diversa da quella tranquilla con cui aveva parlato nell'ultimo quarto d'ora. Jess fu quasi spaventata dalla rapidità con cui il suo tono era cambiato.

"E non scattare via da me. Cazzo." Mise entrambe le mani sul volante e appoggiò la fronte sulle mani per un attimo, prima di voltarsi, sempre rimanendo con la testa appoggiata alle mani, mentre la guardava.

"Una volta eravamo in missione. Non posso dirti dove, non posso dirti nemmeno il perché, ti basti sapere che eravamo in un paese in cui i diritti delle donne non sono gli stessi che abbiamo qui negli Stati Uniti. Non ho mai provato tanto disgusto come quella volta, vedendo le donne picchiate, prese a calci, attaccate apertamente. Non importava a nessuno. Nessuno si faceva avanti per difenderle. I matrimoni venivano combinati, ragazzine di dodici anni dovevano sposare uomini che avevano il quadruplo della loro età. Non dovrai mai, *mai* preoccuparti che io ti possa far del male fisicamente. So che probabilmente non mi crederai, ma santo cielo, Jess. Provaci."

Jessyka respirò profondamente. "Lo so, Kason. È solo che..."

"Lo so che cos'è," la rassicurò lui. "Cosa posso fare per aiutarti?"

"Che vuoi dire?"

"Voglio dire che sono tuo amico. Cosa posso fare per aiutarti? Ti serve una mano per trasferirti? Vuoi che parli con le mie amiche perché si trovino con la nipote, per farle avere degli altri modelli da seguire? Ti servono dei soldi? Vuoi che prenda a pugni il tuo convivente? Dimmi di cosa hai bisogno."

"Vuoi aiutarmi?"

"Gesù santo, Jess," la provocò Benny. "Fai attenzione! Certo che voglio aiutarti."

"Io... io non lo so."

"Va bene, allora, perché non cominciamo scambiandoci i numeri di telefono? Così, quando lo saprai, potrai dirmelo." Benny non fece ulteriori pressioni, per quanto lo desiderasse.

"Ah, Va bene. Sì. Mi farebbe piacere." Più Jess ci pensava, più le *faceva* piacere. Aveva bisogno di tempo per pensare a Kason e alla sua offerta di amicizia e di aiuto.

Si scambiarono i numeri di telefono, l'abitacolo rimase in silenzio, mentre inserivano il nuovo contatto nei telefonini. Jess trasalì quando il suo cellulare vibrò per un nuovo messaggio. Lei sorrise, vedendo che era di Kason, così lo guardò in viso.

"Volevo solo assicurarmi che non mi avessi dato il numero della pizzeria all'angolo."

Jess scosse la testa e riabbassò gli occhi per leggere il messaggio che le aveva inviato.

Sono sempre a portata di SMS.

Guardò di nuovo Kason in faccia, non sapendo che dire.

"So che non abbiamo risolto nulla, in realtà, ma spero tu abbia capito che sono serio al cento per cento quando dico di voler essere tuo amico, Jess. Non sei da sola, per qualunque esigenza ti basta chiamarmi. Se non lo farai, mi arrabbierò. Stai certa che sono del tutto contrario al fatto che torni a vivere con quel deficiente, ma non mi conosci ancora abbastanza bene da lasciare che ti trovi una sistemazione. Usa il mio numero appena ti serve. Per favore."

"Non ho la minima idea del perché tu voglia essere mio amico, ma ti ringrazio. È passato tanto tempo dall'ultima volta che ho avuto un amico."

Quasi per istinto, senza resistere a quell'impulso, Benny allungò una mano e accarezzò lentamente il viso di Jessyka. Poi mosse la mano intorno alla testa, fino a portarla dietro la sua nuca, la tirò a sé, avvicinandosi in modo goffo in quel piccolo abitacolo. Poi le baciò la fronte e riposò la testa contro quella di lei.

"Fidati di me, Jess."

Benny sentì che annuiva leggermente. Si allontanò, le strinse appena la nuca, per rassicurarla, poi la lasciò andare.

"Che ne dici se ti porto a casa? È tardi, sei stanca, io mi devo alzare tra circa un'ora e mezza per le esercitazioni."

"Va bene."

Quando Benny accostò davanti alla villetta in cui viveva Jess, fermò la macchina e disse: "Aspetta."

Poi girò intorno al veicolo per aprirle la portiera. Jess si limitò a scuotere la testa e poi uscì. Kason l'accompagnò fino alla porta d'ingresso, per quanto lei insistesse che stava bene. Poi si avvicinò per baciarla di nuovo sulla fronte. "Ci vediamo più tardi. Fai attenzione."

Jess annuì e quando Kason allontanò la testa rispose: "Grazie."

"Prego. Non prendere le distanze. Mi aspetto un tuo messaggio."

"Va bene."

"Bene."

"Ciao, bella."

"Ciao, Kason."

Jessyka aprì la porta ed entrò in casa facendo attenzione. L'ultima cosa che voleva era trovare Brian che l'aspettava. Non c'era. Era tutto tranquillo. Jess si diresse rapidamente su per le scale fino in camera sua, sospirando dal sollievo una volta arrivata in camera e chiusa la porta a chiave.

Odiava aver paura di Brian, ma poteva ancora sentire la presa delle sue dita intorno al collo. Si era arrabbiato a morte, e lei non aveva neppure fatto nulla. Sapeva che nove giorni sarebbero stati troppi. Doveva muoversi molto prima.

Il cellulare che Jess stringeva in mano vibrò. Lei abbassò lo sguardo e sorrise.

Dormi bene. Ci sentiamo.

Non aveva la più pallida idea di come le fosse capitata la fortuna che Kason decidesse di essere suo amico, ma certamente non se ne sarebbe lamentata. Le sembrava l'unica cosa positiva che le fosse successa nell'ultimo anno.

Bn ntt. c sentmo.

Si aspettava che quello fosse il messaggio conclusivo, invece il suo telefono vibrò di nuovo, non appena inviato il suo messaggio.

Sei una di quelle persone che scrive i messaggini con le abbreviazioni, non è vero?

Jess non riuscì a trattenere la risatina che le sfuggì. Non ricordava l'ultima volta che aveva riso con piacere.

Smbr d sì. No sms in auto

Sono al semaforo. Buona notte, bella.

Bn ntt

Jess spense il cellulare con un sorriso. Forse l'indomani, anzi, quel giorno, sarebbe stato un giorno migliore. Di sicuro era cominciato molto bene.

CAPITOLO QUATTRO

BENNY NON RIUSCIVA A SMETTERE di pensare a Jessyka. Erano passati dei giorni da quando l'aveva vista e le aveva parlato, ad eccezione dei pochi messaggi che si erano scambiati. Aveva sempre cominciato lui a scriverle, ma lei aveva sempre risposto, così Benny si sentiva un po' meglio.

Non aveva trovato un'occasione per tornare al locale, non voleva nemmeno sembrarle eccessivo. Benny era sicuro che Jess si sarebbe fatta sentire, in caso di necessità. Non poteva certo costringerla.

Quel che era certo era che lei a Benny piaceva. Non poteva affermare di conoscerla bene, ma non aveva mentito dicendole che gli piaceva quel poco che conosceva di lei.

Benny aveva parlato con Dude la sera prima, a proposito di Jess. Era andato a casa sua a cenare con lui e Cheyenne. A volte gli sembrava che i ragazzi "se lo passassero a turno" come un cucciolo smarrito. Ogni settimana, uno di loro lo invitava a cena. Benny non rifiutava mai, prima di tutto perché voleva bene ai suoi amici e alle loro compagne, in secondo luogo perché gli rodeva starsene a casa da solo.

Benny immaginava di poter sempre andare a cercarsi una donna da portare a casa per la notte, ma non ne aveva davvero bisogno, specialmente dopo la chiacchierata avuta con Jessyka.

Dopo la cena e dopo aver visto un film, Cheyenne era andata a dormire, così Dude aveva chiesto a Benny come andassero le cose. Benny ne aveva approfittato per parlargli di Jess.

"Ti ricordi la cameriera al bar, l'ultima volta che siamo usciti tutti insieme?"

"Sì, Jess, giusto?"

"Sì. Ci siamo accorti tutti di come stava, quella sera. Non riuscivo a togliermela dalla testa. Cioè, mi sembra di conoscerla, dopo tutte le volte che siamo andati in quel postaccio. Penso che sia capitato pochissime volte di avere una cameriera diversa."

Dude aveva annuito. "Sì, sembrava un po' in difficoltà. Non mi è piaciuta la smorfia che ha fatto quando l'hai toccata."

"Sì, neanche a me. L'altro ieri sono andato al locale, aveva un aspetto perfino peggiore."

"In che senso?"

"Indossava una stupida maglietta a collo alto."

"Mi prendi per il culo?"

"No."

"E lei cosa ti ha raccontato?"

"Allora, niente di particolare, ma le sta succedendo qualcosa, è sotto stress. Vive con un tipo con cui usciva tempo fa. Sembra che la stia cacciando di casa."

"Forse è meglio così, a quanto dici."

"Sì, comunque c'è qualcosa che non va. Le ho lasciato il mio numero, ma porca vacca, Dude, comunque sono preoccupato per lei."

"Vuoi chiamare Tex per avere qualche informazione?"

"Sì, ma non lo farò."

"E perché mai? Io lo farei. Sai che faccio seguire Cheyenne in ogni momento della giornata. Non permetterò mai più a uno stronzo qualunque di farle del male."

"Ancora non so come abbiate fatto voi ragazzi a convincere le vostre compagne ad accettare un controllo di questo tipo."

"Non capisci."

Benny aveva annuito. "Hai ragione. In realtà non capisco. Ma solo perché non ho una donna, non significa che non capisca il vostro desiderio di tenerle al sicuro."

"Non volevo dire..."

"Ma sì, va bene. Lo so cosa volevi dire. A me piace Jessyka, Dude. Non la conosco molto bene, eppure sono preoccupato per lei. Non mi piace il fatto che viva con qualcuno, con un tipo. Non mi piace che viva con qualcuno che le ha dato una scadenza per andarsene dalla villetta in cui vivono insieme. Non mi piace che si senta costretta a rimanere per sua nipote, che ha dei problemi di autostima. Non mi piace che le abbia messo le mani addosso facendole del male. E proprio non mi piace che non abbia nemmeno un po' di soldi per andarsene."

"Cosa pensi di fare?"

"Non lo so."

"Posso darti un consiglio?"

"Ma certo. Non ti avrei raccontato tutte queste stronzate, se non volessi un consiglio da te, Dude."

"Non lasciarle troppo spazio. Sembra che abbia bisogno di aiuto. Se è una donna indipendente come Cheyenne e le altre, non ti chiederà aiuto. Continuerà a cercare di fare tutto da sola. Non lasciarle scelta."

"E se si arrabbia?"

"E chi se ne frega. Se si arrabbia, si arrabbia. Poi le passerà. Se pensi di fare la cosa giusta, se lei ha bisogno di aiuto, daglielo. Alla fine ti ringrazierà."

Benny ci pensò per un momento. "Hai ragione."

"Ma certo che ho ragione, Benny-boy."

Benny alzò gli occhi al cielo in tutta risposta. "Grazie, amico."

"Ma ci mancherebbe. Adesso vai a casa. La mia donna è in camera da letto, se fa la brava, sta facendo quello che le ho chiesto e mi aspetta."

"Gesù santo, Dude, non mi devi raccontare questi dettagli."

Dude aveva sorriso.

"Me ne vado. Quando avrai un minuto per lasciar respirare Cheyenne, ringraziala per la cena da parte mia."

"Lo farò."

Ora, Benny ripensava a quella conversazione col suo amico, sapeva di doversi dare da fare. Non voleva più aspettare. Voleva sapere come stesse Jess, visto che non lo chiamava, l'avrebbe raggiunta lui.

Mescolò la salsa al pomodoro che stava preparando sui fornelli, assaggiò gli spaghetti. Erano quasi pronti. Trovava più semplice prepararsi un piatto di pasta, quando mangiava da solo, e Benny spesso ne cucinava in abbondanza. Preparava sempre la salsa con gli ingredienti base, per lui non c'era niente di peggio che la robaccia in vendita nei supermercati.

Sentendo il suo cellulare che vibrava, Benny lo controllò. Era un messaggio di Jess. Sorrise e sbloccò il telefono.

Ho bisogno di te.

I muscoli di Benny si irrigidirono immediatamente. Quelle quattro parole sembravano così forti, sullo schermo del suo telefonino. Non esitò un istante.

Dove sei?

sedut al ingres di casa

Arrivo

Benny si prese solo il tempo necessario per spegnere i fornelli, niente di più. Si infilò rapidamente il cellulare nella tasca dei pantaloni e si diresse alla porta di casa. Nemmeno trenta secondi dopo aver premuto l'ultima lettera del suo SMS, era già in macchina, diretto verso l'indirizzo di Jess.

Pur sapendo che era pericoloso, in quel momento non gli interessava, mandò altri messaggi a Jess mentre la raggiungeva.

Stai bene?

Attese con impazienza la sua risposta.

No

Cazzo.

Hai bisogno di un medico?

Forse

Benny spinse col piede sull'acceleratore. Porca troia.

Sei in un posto sicuro?

Penso di sì

Vai in un posto dove sei al sicuro

Non so più dove

Chiamami

Si era rotto dei messaggini. Benny doveva sentire la sua voce. Il suo cellulare squillò e Benny lo mise in vivavoce per rispondere.

"Jess?"

"Sì, sono io."

La sua voce era bassa, ruvida.

"Sto arrivando. Probabilmente arriverò tra una decina di minuti. Stai bene? Devo chiamarti un'ambulanza?"

"No."

"Mi stai facendo davvero spaventare, bella. Spiegami."

"Tabitha è andata."

"Cosa vuoi dire? Chi è Tabitha?" A Benny non piaceva affatto la voce atona di Jessyka. Gli dava l'impressione che fosse sotto shock.

"Si è uccisa."

Benny spinse la macchina un po' più veloce. Ormai andava già ben oltre il limite di velocità, ma Jess aveva bisogno di lui, e lui non c'era.

"Jess..."

"Ieri le ho detto che me ne sarei andata, e lei si è suicidata."

Benny ricordò di colpo chi fosse Tabitha. Merda. "Perché non sei in casa?"

Benny doveva ancora capire cosa stesse succedendo.

"Brian si è arrabbiato."

Cazzo. Ora sapeva come stavano le cose. "Va bene, bella. Stai lì. Sto arrivando da te, va bene? Stai buona lì, arrivo in un secondo."

"Lui..."

"Shhhh," Benny la interruppe. Non voleva che Jess gli dicesse altro, prima di arrivare da lei. "Sarò da te in un momento. Mi dirai tutto quando sarò lì con te. Ora aspetta."

"Sono così stanca, Kason. Hai detto che eri mio amico, giusto? Ho proprio bisogno di un amico."

"Io sono tuo amico, Jess. Ti riposerai appena arrivo. Penserò io a te."

"Va bene."

"Adesso puoi riattaccare, Jess, sono a un isolato, arriverò in un batter d'occhio."

"Va bene," ripeté lei, con la stessa voce piatta e angosciata.

La chiamata fu interrotta.

Benny strinse i pugni intorno al volante, così tanto che le sua dita diventarono quasi bianche. Porca di quella troia che situazione di merda. Sentiva di aver ricevuto solo dei brandelli della storia, ma erano comunque abbastanza incasinati.

Si stava avvicinando alla curva della villetta di Jess quando la vide. Era seduta sul marciapiede, aveva le mani intorno alle ginocchia, era piegata in avanti e fissava per terra. Non si muoveva, non si mosse nemmeno quando i fari della sua auto la illuminarono. Benny tirò il freno a mano con forza e uscì. Si avvicinò attentamente a Jessyka per non spaventarla.

"Jess?"

La sua testa si alzò di scatto al suono della sua voce, sembrava quasi volesse fuggire. Quando lei lo riconobbe, si lasciò andare e sospirò: "Kason."

Benny non esitò, si diresse verso di lei e le si sedette al fianco. Quel che avrebbe voluto fare, era prenderla in braccio e tenerla stretta, ma non poteva, almeno non prima di aver saputo come stessero le cose, dove fosse il problema, e se stesse male.

Il viso di Jess era rigato dalle lacrime e chiazzato dal pianto. La camicetta che aveva indosso era tutta stropicciata all'altezza del collo ed era mezza strappata su una spalla. Benny poteva vedere il suo reggiseno, la spallina risaltava sulla sua spalla denudata. Non poteva vedere molto altro del suo corpo, ma la la camicetta strappata era sufficiente a fargli venir voglia di ammazzare qualcuno.

Benny mise una mano dietro la testa di Jess e la tenne delicatamente. "Dove ti fa male, bella?"

"Dappertutto."

"Credo che dovrai essere un po' più precisa, Jess. Cosa è successo e dove ti ha fatto male?"

Ignorando la prima parte della domanda, rispose al resto. "Mi fa male quando respiro. Brian mi ha dato un pugno nello stomaco. La schiena mi fa male, perché mi ha spinta e sono caduta sull'angolo del tavolino del soggiorno. Le gambe mi fanno male perché mi fanno sempre male quando lavoro troppo. La faccia mi fa male perché mi ha schiaffeggiata più volte, il collo mi fa ancora male dall'altra sera." Fece un momento di pausa e poi disse a bassa voce. "E mi fanno male le dita di un piede, perché sono inciampata mentre venivo a sedermi qui per mandarti un messaggio."

Benny non poté far altro che sorridere a quell'ultima osservazione. Non c'era proprio nulla di cui ridere, ma Jess era stata così franca sulle sue povere dita del piede.

"Pensi di poter camminare fino alla mia auto?"

Jess guardò la macchina, ancora accesa, parcheggiata a poco più di un metro da dove stavano seduti, e disse, con un guizzo del suo vecchio spirito: "Penso di potercela fare."

Benny non sorrise nemmeno. "Va bene, allora su, andiamo. Devo tirarti fuori di qui." Aiutò Jess ad alzarsi e la sostenne quando traballava. Benny le mise un braccio intorno alla vita e lasciò che appoggiasse buona parte del peso su di lui, mentre camminava incerta verso la macchina. Anche se si trattava di poco più di un metro per arrivare alla portiera dell'auto, Benny non era sicuro che Jess ce la *potesse* davvero fare, da sola.

Le chiuse la portiera e andò di corsa verso il lato conducente. Benny doveva farle milioni di domande, ma prima voleva tirarla fuori da quella situazione.

Prima di partire, Benny si girò verso Jessyka e le afferrò la cintura di sicurezza, allacciandogliela. Da quando l'aveva aiutata a sedersi, non si era mossa, il che lo preoccupava parecchio.

"Tieni duro, Jess."

Vide che stava annuendo.

Benny cercò di non sfrecciare fuori dal parcheggio, ma sentì le ruote sgommare mentre faceva rapidamente inversione, per andare dritto al pronto soccorso. Non voleva correre alcun rischio. Jess aveva un aspetto terribile e non gli piaceva lo sguardo perso e assente che aveva. Aveva detto di avere dolori ovunque, almeno i medici avrebbero controllato che non avesse nulla di rotto e che non ci fossero traumi interni o ematomi. Non aveva detto di essere stata attaccata, ma forse era troppo imbarazzata e se ne vergognava. Forse sentiva di non conoscerlo ancora abbastanza bene da ammetterlo. Il solo *pensiero* che fosse stata colpita in quel modo gli faceva schizzare al cervello l'adrenalina.

Benny accostò all'ingresso del pronto soccorso, si voltò verso di lei e le mise gentilmente una mano sulla guancia. "Siamo arrivati."

Aveva tenuto gli occhi chiusi per tutto il tragitto, ora si era girata per vedere *dove* fossero arrivati. Benny vide la faccia di Jess sbiancare. "No, per favore. Non voglio."

"Ci sono io con te. Ne hai bisogno, Jess. Lo sai."

Lei rimase in silenzio per un momento, vedendo che non protestava più, Benny capì che le faceva molto più male di quanto avesse detto. Avrebbe voluto uccidere Brian. Non sapeva nemmeno che aspetto avesse, o dove fosse in quel momento, ma non aveva mai desiderato uccidere qualcuno, in vita sua, quanto con Brian, quel giorno.

"Andiamo, bella, ti accompagno dentro."

Benny aiutò Jess a uscire dalla macchina, quando incespicò al primo passo, l'aiutò semplicemente a rialzarsi. Quando lei gli mise le braccia intorno al collo, appoggiando la testa sulla sua spalla, Benny sentì come qualcosa sciogliersi dentro.

Benny arrivò a grandi passi all'accettazione. "Ci serve un medico."

"Qual è il problema, scusi?" Quella donna era riuscita a sembrare professionale e annoiata allo stesso tempo. Benny strinse i denti.

"Il problema è che la mia amica è stata picchiata a sangue. Ora è piena di dolori e deve essere visitata, per controllare che non abbia nulla di rotto e che non rischi di morire per emorragia interna o qualcosa del genere."

Sorpresa, per un momento l'impiegata fissò Benny.

Benny sentiva la mano di Jess dietro la nuca, lo stava accarezzando per cercare di calmarlo. I brividi che gli provocava quel movimento gli arrivavano dritti fino ai piedi. Non gli era mai successo prima... che accadesse allora, in quella situazione, aveva quasi dell'incredibile. La strinse con più forza e la avvicinò a sé.

"Va bene, senta, se volete seguirmi in fondo al corridoio, la facciamo accomodare e le faccio arrivare un'infermiera così la visitiamo il prima possibile."

Benny strinse di nuovo i denti, il tono di voce di quella donna era ovviamente educato ma solo di facciata, tenne Jess stretta mentre seguivano l'impiegata lungo il corridoio.

Aiutò Jess ad accomodarsi sul letto, facendo attenzione ai suoi movimenti, per poi andare a sedersi su una seggiola al suo fianco.

L'impiegata fece un suono strano con le labbra, poi disse. "Scusi, sa, ma possono entrare solo i parenti con i pazienti. Dovrà aspettare in sala d'attesa."

"Col cavolo," rispose Benny con impazienza. "Io sto qua." Si sedette sulla seggiola e si allungò per afferrare la mano di Jess. Le baciò il dorso della mano e ignorò le lamentele di quella donna, che stava ancora cercando di farlo uscire.

Quando finalmente se ne andò, Jess si voltò verso Benny e gli disse, accennando il primo sorriso da quando l'aveva raggiunta, quella sera. "Ti metterai nei guai."

"Non mi interessa. Non me ne vado."

Dopo cinque minuti, una infermiera tirò la tendina di fianco al letto, aveva accanto un agente della sicurezza.

"Senta, deve recarsi in sala d'attesa mentre visitiamo la sua amica," gli spiegò l'infermiera.

"No."

"Scusi..."

Benny interruppe quella spiegazione e guardò sia l'infermiera che l'agente, mentre parlava. "Ho ricevuto un messaggio dalla mia amica Jess, stasera," fece un cenno col mento per indicare Jessyka sul letto, poi proseguì. "Mi ha scritto che aveva bisogno di me. Non ha parenti stretti qua vicino. La ragazzina che ama come fosse sua sorella si è uccisa proprio oggi. Il suo convivente, che è anche un suo ex, l'ha picchiata a sangue, come potete vedere. Ora è spaventata e piena di dolori, e ha chiamato *me*. Sono un militare dei Navy SEAL e posso proteggerla. Non mi allontanerò da lei. Se ci sono delle beghe mediche che non volete farmi sentire, posso sempre mettermi le dita nelle orecchie e canticchiare una canzone. Farò tutto ciò che mi chiederete... tranne andarmene."

Aveva abbassato il tono di voce, mentre pregava quegli estranei di farlo rimanere. "Per favore. Ha bisogno di me."

Era tutto vero. Lo potevano vedere tutti. La mano di

Jess stringeva con forza la sua, lei continuava a guardare prima Benny, poi l'agente di sicurezza, ansiosamente.

"Signora? Vuole che rimanga?"

Benny sapeva che dovevano chiedere a lei, ma comunque era alterato. Sapeva che, probabilmente, ritenevano fosse stato lui a picchiarla, ma a lui non interessava. Non se ne sarebbe andato, a prescindere da quel che pensassero.

Anche Jessyka, ovviamente, aveva capito cosa pensavano. "Sì, santo cielo, lasciate che rimanga. Mi sento più sicura se rimane. Se c'è lui, con me, so che Brian non mi farà del male. Per favore..."

L'infermiera guardò Benny. "Va bene, ma se mi causa qualche problema, la caccio via così forte che non se ne accorgerà nemmeno. Navy SEAL o meno."

Benny non poté far altro che annuire di scatto. L'avrebbero lasciato rimanere. Ringraziò subito l'infermiera e tornò a guardare Jess. "Hai ragione, col cazzo che ti tocca, se ci sono io. Ora rilassati. Faranno in modo di non farti più sentire il dolore, poi ti porto fuori. Resisti, per ora."

Benny sedette vicino a Jess, mentre prima l'infermiera, poi il medico la visitavano. Si spostò quando glielo chiesero, senza mai perdere il contatto con Jess. Tenne una mano sulla sua testa, poi sul braccio, poi sul piede, poi di nuovo sulla testa. Nei punti che il medico non stava visitando. Benny rimase lì, a contatto con lei, per rassicurarla che non era da sola.

Ora che c'era più luce, Benny riuscì a guardar meglio il collo di Jess, per la prima volta. Dovette raccogliere tutta la sua forza di volontà per non scattare di corsa fuori da quella camera e andare a caccia di Brian. Aveva sul collo dei lividi a forma di dita. Quel bastardo l'aveva strangolata. Era evidente che fossero lividi vecchi di qualche giorno, non erano stati fatti quella sera stessa. Ora capiva perché indossava un collo alto, quando l'aveva vista l'ultima volta.

Benny respirò profondamente più volte e cercò di rimanere attento e concentrato sul momento. Non poteva schizzare via esagitato quando Jess aveva bisogno di lui.

Quando il medico terminò la visita, Benny tornò a sedersi sulla seggiola su cui si era seduto in precedenza e riprese di nuovo la mano di Jess.

"Sembra che non ci sia niente di grave. Sei stata fortunata, Jess," le disse il medico, con tono gentile. "Il tuo viso probabilmente si gonfierà e facilmente ti verrà un occhio nero. Non sento costole rotte o incrinate. Quel punto sulla schiena ti farà male per un po', ma ti prescriverò degli antidolorifici e dovrai riposare per qualche giorno, poi tornerai come nuova senza alcun problema."

"Deve parlare con la polizia, prima di andarsene," disse Benny al medico.

Benny pensava che Jess avrebbe protestato, sentendo le sue parole, invece annuì appena, come se si fosse già rassegnata all'inevitabile.

"Va bene, torno col sergente e con gli antidolorifici che ti dicevo. Tu rilassati."

Per un momento, dopo che il medico se ne fu andato, la camera rimase in silenzio. Benny alzò la mano che aveva libera e gliela passò leggermente sulla fronte. Poi sulla guancia. Poi sulla spalla. Infine, sfiorò col dorso della mano ogni livido che aveva sul collo.

"Non ti avrei fatta tornare in quella casa, se l'avessi saputo."

Jess ovviamente stava pensando lo stesso, infatti rispose: "Lo so."

"Odio quello che ti ha fatto."

"Lo so."

"Non ci tornerai."

"Lo so."

Benny sorrise per la prima volta, quella sera. "Ora ripeterai sempre la stessa cosa?"

"Forse."

Lui tornò serio. "Quel che ti ho detto prima, lo dicevo sul serio. Brian non ti metterà mai più le mani addosso."

Benny non sentì la sua risposta, perché un sergente della polizia entrò nella stanzetta. Nei trenta minuti successivi, Jess ripercorse i fatti della sera.

Poi, quando ebbe finito, il poliziotto le chiese: "Posso parlare con lei per un momento, da soli?"

Benny sapeva cosa intendeva. Come ogni bravo poliziotto, voleva assicurarsi che Benny non avesse nulla a che fare con quanto le era successo e che non fosse stato in realtà *lui* a picchiare Jess.

Benny vide che Jess stava per protestare. Dato che aveva bisogno di un momento per riprendersi, dopo tutto ciò che aveva sentito, Benny si alzò e si avvicinò a Jess. Le dette un bacio sulla fronte e le disse dolcemente, ma abbastanza forte perché il poliziotto potesse sentire. "Vado qui fuori, bella. Non farò passare nessuno. Va bene? Tu finisci pure e poi andiamo." Si risollevò e la fissò negli occhi per infonderle sicurezza. Ciò che Jess vide nei suoi occhi le bastò, infatti annuì e rispose a bassa voce: "Va bene."

Benny annuì verso il poliziotto mentre usciva dalla stanza. Proprio come aveva promesso a Jess, si appoggiò al muro appena fuori dalla camera, in attesa. Chiuse gli occhi, sentiva le parole di lei echeggiare nella mente. Sapeva che non le avrebbe mai dimenticate.

"Mi ha detto che era colpa mia."

"Mi ha dato un pugno nello stomaco e mi ha detto che ero orribile."

"Non mi lasciava andare la gola, anche dopo avergli ficcato le unghie nei polsi."

"Mi ha dato un calcio alla bocca, dicendo che non importava, tanto ero già una sfigata."

Benny strinse i denti ed estrasse dalla tasca il suo cellulare, cliccando sul numero di Wolf.

"Ciao, Benny."

"Wolf, ho un problema personale, mi servono un paio di giorni di permesso."

La voce di Wolf cambiò tono in un istante, da rilassato a serio. "Ma certo. Penso io al comandante. C'è nulla che possiamo fare?"

"Forse. Ti tengo aggiornato. Ti ricordi di Jess, la cameriera coi capelli neri, giù al locale?"

"Ma certo."

"Mi ha chiamato stasera. Sono all'ospedale con lei, poi la porto da me. So che Ice e le altre vorranno… però datemi un paio di giorni prima di mandarcele, va bene?"

"Ma certo. C'è niente che possiamo fare noi?"

"Sì, di' a Tex di fare qualche ricerca su Brian Thompson." Benny dette a Wolf l'indirizzo. "È quello che ha picchiato a sangue Jess, questa sera, sembra che lo stesse facendo da un po'. Ha una sorella. Sua nipote si è uccisa proprio oggi."

"Cazzo, Benny. Sei sicuro, non vuoi che ti raggiungiamo?"

"Grazie, amico, ho tutto sotto controllo. Qua è venuta la polizia, ma non voglio davvero che quel coglione si faccia venire in mente di cercare vendetta, o di provare a rintracciare Jess."

"Ci pensiamo noi. Tu chiamami se hai bisogno di altro."

"Lo farò. Ah, Wolf? Grazie."

"Ma certo. Siamo una squadra."

Benny chiuse la conversazione, si sentiva un po' meglio, anche se era sempre molto agitato. Nella sua mente risuonavano ancora le parole di Jess. *"Mi ha presa a calci"* ... *"Mi ha dato un pugno"* ... *"Non lasciava andare la presa alla gola"* ...

Jess era una donna molto forte, e lui conosceva tante donne vincenti. Benny sapeva che Jess non si vedeva così, ma decise che avrebbe dovuto convincerla.

Il poliziotto si affacciò dalla porta, vide che Benny era ancora lì, in piedi, così gli disse che aveva finito di parlare con Jessyka. Benny annuì e tornò di fianco a Jess.

Dopo altri dieci minuti, furono congedati. Il medico era tornato, aveva somministrato a Jessyka degli antidolorifici, dandole le ricette per prenderne degli altri, se necessario, poi le aveva spiegato che si doveva riprendere, con calma.

Jess aveva insistito di voler uscire in piedi, camminando, ma Benny era rimasto sempre al suo fianco. Si incamminarono verso la sala d'attesa, Benny vide che lei stava cedendo, così la fece sedere e le disse con voce ferma ma gentile: "Aspetta qui."

Benny sapeva che Jess era ancora piena di dolori, infatti non si era nemmeno sforzata di discutere con lui, si era seduta dove le aveva detto lui.

Si affrettò all'esterno per andare a recuperare la sua auto, che in precedenza aveva dovuto spostare, poi tornò all'interno a prendere Jess. Era ancora là, seduta, stringeva i braccioli della sedia così forte, che le nocche delle mani erano tutte bianche.

"Andiamo, bella. Andiamocene via di qua."

Benny si abbassò e prese Jess tra le braccia, sospirò, contento che non stesse protestando.

Uscì dall'ospedale a grandi passi, con Jess tra le braccia. La fece accomodare nel sedile del passeggero e si diresse verso il suo appartamento.

"A che albergo mi porti?" gli chiese Jess con voce sonnolenta.

Lui girò la testa di scatto, guardandola incredulo. "Non ti porto in nessun albergo del cavolo. Vieni a casa mia."

"Ma, Kason, non è giusto."

"Non mi hai sentito, all'ospedale, quando ti ho detto che non ti avrei lasciata sola?"

"Kason, non puoi starmi vicino ogni momento. Avevo capito che intendessi dire mentre eravamo là. E lo apprezzo, davvero, ma questo è troppo. Tu non mi conosci."

"Vorrei che smettessi di dire questa stupidata. Io ti conosco, Jessyka, scritta con 'y' e 'k', Allen. So di non poterti stare attaccato a ogni ora del giorno e della notte. Non sarebbe una soluzione pratica. Ma per i prossimi due giorni potrò. Potremo parlare di tutto quel che ti è successo. Parleremo di Tabitha. Potrai piangere, io ti abbraccerò, i miei compagni di squadra faranno in modo che Brian sappia che non potrà contattarti mai più. Dopo di che, vedremo come risolvere la tua situazione, dove potrai vivere. Ma per adesso torni con me, al mio appartamento, e non voglio sentire altre discussioni al riguardo."

Benny respirò profondamente e guardò velocemente

Jess, per capire l'effetto che le sue parole avevano avuto su di lei. Incredibilmente, sorrideva.

"Perché sorridi?"

"Grazie, Kason. Non avevo idea di dove andare, stanotte. Ti ringrazio per avermi tolto questo peso, per il momento."

"Ci mancherebbe. Ora chiudi gli occhi e rilassati."

"Questa l'ho già sentita."

"Sì, beh, ma stavolta quando li riaprirai sarai a casa mia, non in un parcheggio."

Jessyka fece come le aveva chiesto Kason, in pochi attimi si addormentò.

CAPITOLO CINQUE

JESS SI SVEGLIÒ LENTAMENTE. Si voltò e aprì gli occhi, per trovare Kason che la guardava dal sedile del conducente.

"Oh, siamo arrivati?"

"Sì."

Vedendo che lui non diceva altro, Jess gli domandò: "Entriamo?"

"Sì. Solo che eri così rilassata e pacifica che non volevo svegliarti." Kason alzò una mano per sistemare i capelli di Jess dietro l'orecchio. "Aspetta qui. Faccio il giro."

Jess si limitò ad annuire. Kason aveva uno sguardo particolare, un po' strano. Faceva fatica a comprenderlo, ma le sembrava tremendamente tenero. Jess non ricordava l'ultima volta che qualcuno l'avesse guardata così. Quegli occhi le piacevano molto.

Kason aprì la portiera di Jess e la sostenne sotto il gomito mentre usciva dal veicolo. Poi si allungò nell'abitacolo per prendere la borsetta, per poi accompagnarla nel suo appartamento. Abitava al piano terra, le aprì la porta e l'accompagnò all'interno prima ancora che lei potesse dare un'occhiata al circondario.

"Pensavo che vivere al piano terra fosse più pericoloso che vivere ai piani alti." Il commento di Jess fu spontaneo, aveva parlato senza pensare troppo a quello che diceva. Vide che Kason le sorrideva.

"Per una donna single? Sì, è così. Ma per me? Non fa differenza. E poi non mi piace vivere in condominio con altre persone. Non so cosa fanno, e se poi mi bruciano la casa? Voglio poter essere in grado di scappare senza dover saltare da un balcone o dall'alto."

"Non ci avevo pensato."

Kason rise e incoraggiò Jess a continuare a camminare, entrando nel suo appartamento, sostenendola con una mano dietro la schiena, cercando di evitare il contatto con il livido enorme che aveva, provocato dalla spinta di quel pomeriggio contro il tavolino.

Jess si guardò intorno. L'appartamento di Kason non sembrava niente di speciale. Le dispiaceva quell'impressione, ma era la verità. Le pareti erano bianche, ovviamente c'era un televisore enorme montato a muro. Inoltre, c'era un divano enorme, con un tavolino basso da caffè, di fronte. La cucina era dietro il divano. Era un appartamento piuttosto convenzionale. Frigorifero, quattro fornelli, microonde, lavastoviglie, mobiletto bar con due sgabelli. Jess vide anche due pentole sui fornelli. In una c'erano acqua e spaghetti, nell'altra una specie di salsa rossa al pomodoro.

Si rivolse a Kason. "Ho interrotto la tua cena? Mi dispiace tanto!"

"Non è affatto un problema, Jess."

"No, davvero. Scusami."

Kason aveva accompagnato Jess al divano e l'aveva aiutata ad accomodarsi. L'aveva fatta sedere al centro, e poi le aveva alzato i piedi, per appoggiarli sui cuscini.

Senza dire una parola, Benny le slacciò entrambe le scarpe, le mise per terra sotto al tavolino basso, per non averle tra i piedi. Poi prese un cuscino da un lato del divano e glielo sistemò sotto la testa. Una volta accomodata Jess, le mise le mani sui fianchi e le disse, con voce bassa e controllata: "Non me ne frega un tubo della cena. Me la posso sempre rifare. Non posso rifare te, Jess. Quindi, sì, se mi mandi un messaggio per dirmi che hai bisogno di me, non mi interessa cosa sto facendo, lascerò sempre tutto per raggiungerti." Fece una pausa, per lasciarle il tempo di assorbire le sue parole. "Capito?"

Jess poté solo annuire. Non era sicura di avere *davvero* capito, ma era ovvio che Kason ci teneva moltissimo, quindi lasciò perdere.

"Hai fame?"

Jess fece cenno di no con la testa.

"Ti fa male? Posso prenderti qualcosa?"

Jess fece ancora cenno di no.

"Va bene, allora mettiti comoda. Torno subito."

Jess vide che Kason si alzava e si incamminava nel corridoio che usciva dal salotto. Chiuse gli occhi, cercando disperatamente di rimanere presente, senza che i suoi pensieri tornassero a quanto era successo quella sera.

Kason tornò dopo un paio di minuti. Aveva indossato un paio di pantaloncini corti da ginnastica, con una maglietta che sembrava aver vissuto tempi migliori vent'anni prima. Era a piedi nudi, aveva i capelli scompigliati, come se si fosse messo le mani nei capelli più volte. Portava con sé due cuscini e una coperta pesante. Mise tutto sul tavolino e si diresse in cucina, sempre senza parlare.

Jess sentì l'acqua uscire dal rubinetto e il frigo che si apriva. Kason tornò al divano, Jess vide che portava due bicchieri d'acqua. Mise anche quelli sul tavolino. Poi si voltò verso di lei, guardando in basso, come per decidere dove sedersi. Infine, si avvicinò alla sua testa e sollevò con attenzione il cuscino per potersi sedere. Poi si mise il cuscino sulle cosce e aiutò Jess ad appoggiarvi sopra la testa. Benny portò la mano sulla sua fronte e la tenne lì, ferma. Ogni tanto, le accarezzava l'attaccatura dei capelli col pollice, per poi fermarsi.

Dato che non diceva nulla, Jess lo guardò. Kason aveva appoggiato la testa al divano, per riposarsi, con gli occhi chiusi.

"Kason?"

"Sì, Jess?"

"Stai bene?"

Lui rialzò la testa e la guardò. "Sì. Sto bene. Sono così sollevato che tu sia qui e che quel bastardo non ti abbia fatto male più di così. Sto cercando di trovare un modo per farti raccontare cos'è successo, senza che tu debba rivivere tutto, solo che non ci riesco."

Jess chiuse gli occhi alle parole di Benny, poi rispose a bassa voce: "Devo davvero parlarne?"

"Sì, penso proprio di sì. Jess, guardami."

Jess respirò profondamente e riaprì gli occhi. Kason ora si era sporto verso di lei, aveva spostato una mano sulla sua guancia, mentre l'altra era appoggiata sul suo ventre, all'altezza dello stomaco.

"Ci sono passato anch'io, bella. Non esattamente nello stesso modo, ma sono stato catturato in missione. Ci hanno... chiesto... di rivelare delle informazioni... ma noi non volevamo. Anch'io avevo un cugino che si è ucciso. La donna di Cookie è sopravvissuta all'inferno, dopo essere stata rapita da trafficanti di sesso ed essere stata portata in Messico... ed è crollata, perché non riusciva a parlarne con nessuno.

"Ci sono passato, Jess. So quanto è importante sfogarsi e parlarne. Probabilmente non sarò io la persona migliore con cui parlarne, ma sono qui, adesso, e sono tuo amico. Parla con me. Dimmi cos'è successo. Sputa il rospo. Poi, domani, alla luce del giorno, possiamo cominciare a ragionare sul da farsi. Ma per adesso, per stasera, posso ascoltarti io. Sono tuo amico, Jess. Raccontami tutto."

Jess si stropicciò gli occhi chiusi. "Io... io..."

Prima ancora che riuscisse a terminare la frase, pur non sapendo esattamente cosa dire, sentì che Kason si stava muovendo. Si alzò e incoraggiò Jess a fare altrettanto, a sedersi bene sul divano. Lui si sedette dall'altra parte del divano, di fronte a lei, poi si accomodò, appoggiandosi allo schienale. Quindi aiutò Jess a sdraiarsi davanti a lui, con la schiena sulla sua pancia. Le passò un braccio intorno alla vita e la avvicinò, finché non fu completamente circondata da lui.

"Ti fa male?"

"No," rispose Jess, sussurrando, anche se in realtà, ogni volta che si muoveva, le *faceva* male. Lei chiuse di nuovo gli occhi. Poi piegò le braccia, in modo da averle davanti, con le mani appoggiate sotto le guance. Poteva sentire ogni centimetro del corpo di Kason sotto il suo. Lui aveva le gambe piegate, così anche lei. Erano in contatto dai piedi alla testa. Il corpo di lui trasmetteva calore a quello di lei, come fosse la sua personalissima coperta elettrica. Fino a quel momento, lei non aveva capito quanto avesse freddo. Tremava.

Kason si allungò su di lei per afferrare la coperta che aveva appoggiato sul tavolino. Poi la aprì goffamente sui loro corpi, sistemandola per bene intorno a Jess, in modo da coprirla in ogni punto. Quando tornò indietro con la schiena, Jess sentì che le appoggiava le labbra sulla testa.

Jess intuì che Kason stava aspettando. "Non so da dove cominciare," disse lei sinceramente. Aveva così tanti pensieri nella testa, che non sapeva nemmeno come esprimersi.

"Non c'è fretta. Non vado da nessuna parte. Comincia da dove ti sembra meglio."

Dopo qualche momento, Jess cominciò.

"Ho conosciuto Tabitha quando aveva dieci anni. Era triste, sovrappeso. Mi sono accorta subito della sua tristezza. Ma era anche molto intelligente. Scriveva delle storie così belle che mi facevano piangere. A dieci anni, Kason. Era davvero bravissima. Sua mamma faceva due lavori, quindi non era mai a casa. Brian... beh, non era un granché come zio. Io ho cercato di compensare. La portavo in giro, andavamo a vedere posti nuovi. Scherzavamo, ci divertivamo. Ogni volta che la riportavo a casa, ero sempre felice. Quando poi la rivedevo, dovevo ricominciare tutto da capo per tirarla su di morale. Accadeva continuamente. Sempre. Crescendo, si è chiusa sempre più in se stessa. Io ho cercato di aiutarla. Ho cercato di parlarne con Tammy, ma lei si è arrabbiata con me. Ho cercato di parlarne con Brian, ma mi ha risposto che non gli interessava. Ha detto che Tabitha era grassa e brutta e che non dovevo preoccuparmene."

Jess fece una pausa per respirare, sentendo la mano di Kason che le accarezzava il fianco, in un movimento avanti e indietro. Era un movimento ritmico che la calmava. Non l'aveva interrotta per farle delle domande, si limitava ad ascoltarla. Questo la faceva star bene.

"A inizio di quest'anno, Brian ha cominciato a maltrattarmi fisicamente. Ho sempre saputo che aveva un brutto carattere, ma dopo che ci eravamo lasciati e che eravamo diventati amici, sembrava essere più controllato. Per questo ho deciso di trasferirmi da lui. Somigliava di più al tipo cordiale che avevo conosciuto alle scuole superiori. Poi non so cos'è successo. Qualcosa *deve* essere successo. In lui si è come spento qualcosa. Il giorno prima ridevamo insieme perché avevo rovesciato qualcosa in cucina, il giorno dopo mi afferrava il braccio, spingendomi dall'altra parte della cucina, mentre mi diceva che ero una sfigata inutile."

"Droga."

"Cosa?"

"Droga. È l'unico motivo a cui possa pensare, l'unica spiegazione per cambiamenti drastici di personalità come quello," disse Benny, con un tono di voce basso ma sicuro di sé.

Jess ci pensò. Kason probabilmente aveva ragione. Lei non sapeva chi frequentasse Brian, sul posto di lavoro, ma qualcosa doveva aver innescato quel cambio di personalità. La droga era la spiegazione più logica in assoluto.

"Non avevo pensato che potesse essere sotto l'effetto delle droghe," disse Jess. "Qualunque fosse il motivo, mi sono spaventata. Ma quando Brian ha cominciato a sminuire Tabitha, durante le sue visite, ho capito che non potevo più portarcela. Avevo paura per lei. Avevo paura anche per me. Non sapevo cosa fare.

Volevo uscirne. Non sono una stupida, Kason, te lo giuro. *Sapevo* di non dover rimanere con qualcuno che mi colpiva, ma se me ne fossi andata, Tabitha non avrebbe avuto più nessuno che la difendeva. Così sono rimasta bloccata senza sapere cosa fare per un po' di tempo."

"Lo so. Ti ho vista combattuta quando siamo venuti all'*Aces*."

Jess annuì appoggiata a Kason, ma poi rimase in silenzio.

"Cos'è successo stasera?"

"Sapevo di dovermene andare. Se Brian non si faceva problemi a strangolarmi, fino a che punto si sarebbe spinto? Sapevo di non poter rimanere fino alla fine del mese, anche se ciò significava non vedere più Tabitha. Ho contattato una casa rifugio, mi hanno detto che mi avrebbero ospitata per un poco, finché non avessi avuto i soldi per trovare un posto dove andare."

Jess sentì Kason che stringeva i muscoli, dietro di lei. Il braccio che aveva intorno alla vita si strinse per un momento. Poi si accorse che lui tornava volutamente a rilassarsi.

Dato che lei non proseguiva, Kason la incitò: "Vai avanti."

"Allora ho messo insieme un po' della mia roba e l'ho messa vicino alla porta. Sono andata a parlare con Tabitha. Tammy era fuori, quindi siamo rimaste in casa, le ho parlato per un'ora. Le ho spiegato cosa stava succedendo con Brian, perché me ne dovevo andare. Le ho detto che non stavo abbandonando *lei*, ma non potevo più vivere con Brian. Poi l'ho avvertita di stare attenta. Le ho detto di non ascoltare nulla di ciò che lui le diceva, perché lei era una persona bella dentro e fuori." Il fiato di Jess si interruppe, le venne un groppo in gola, trattenne a fatica un singhiozzo. Doveva riuscire ad arrivare fino in fondo.

"Mi ha abbracciata, mi ha anche detto di non preoccuparmi per lei, perché sarebbe stata bene. Abbiamo pianto insieme per un po' di tempo. Poi mi ha regalato una copia dell'ultima storia che aveva scritto. Quando me ne sono andata, mi sembrava tutto a posto. Avevo avuto così tanta paura di dirle tutto, invece Tabitha era forte. Mi ha incoraggiata e mi ha detto che capiva. Ma Kason... non era vero. Mentiva."

"Va bene, Jess, ti capisco. Puoi finire il racconto."

Jess sentiva le braccia di Kason stringersi intorno al suo corpo. Si accomodò meglio sotto la coperta, nel suo abbraccio.

"Poco tempo dopo sono arrivata a casa, poi è arrivato anche Brian. Stavo prendendo le ultime cose da portarmi via, quando la porta si è aperta sbattendo. È venuto dritto da me e mi ha dato un pugno nello stomaco senza nemmeno parlare. Sono caduta all'indietro, sul tavolino, quando lui si è messo a sbraitare. Urlava che Tabitha era morta. Gridava che aveva preso un sacco di pillole e che era morta. Non aveva lasciato nemmeno un appunto, nulla, ma io sapevo il perché l'aveva fatto."

"No, Jess. Non ti devi assumere la responsabilità. Non te lo permetterò," disse Benny con voce decisa.

"Ma Kason..."

"No. Non hai fatto nulla di sbagliato. Non l'hai uccisa tu. Era una ragazzina di quattordici anni, con una madre a cui non importava nulla delle sue emozioni. Era sovrappeso, probabilmente la prendevano in giro a scuola. Era una tipa solitaria, senza amici. Aveva un carattere creativo. Potrei andare avanti così all'infinito, ma le parole che le hai detto oggi *non* l'hanno spinta al suicidio. Ovviamente aveva già deciso. Pensaci per un attimo."

Jess non voleva pensarci. Kason continuò comunque, anche se Jess scuoteva la testa.

"Forse non l'aveva ancora fatto grazie *a te*. Forse tirava avanti proprio come facevi tu, perché era preoccupata per te. Una volta sentito che te la saresti cavata, che te ne andavi, si è ritenuta libera di fare quello che si sentiva di fare. Non la sto giustificando. Penso che nessuno abbia il diritto di ammazzarsi per sfuggire ai propri problemi emotivi, però, Jess, non puoi darti la colpa. Anche tu sei una vittima, in questa situazione."

Jess non riusciva a parlare. Era troppo addolorata.

"Girati, bella, lascia che ti abbracci."

Jess si voltò a fatica tra le braccia di Kason, fino a trovarsi faccia a faccia. Affondò il capo nel suo petto e tirò su col naso.

"Vai fino in fondo, Jess. Cos'altro ha fatto Brian?" Benny lo sapeva già. Aveva sentito la sua storia, mentre la raccontava al poliziotto, all'ospedale, ma voleva che la tirasse fuori tutta anche in quel momento, al sicuro tra le sue braccia.

"Niente che non avesse già fatto prima. Mi ha chiamata sfigata. Si è preso gioco di me. Mi ha presa a calci, mi ha spintonata, poi mi ha gettata contro il muro. Ha detto che, se me ne stavo andando, potevo andarmene via subito. Io non ho esitato. Ho preso solo la mia borsetta e me ne sono andata. Non ho nulla della mia roba. Non ho più nulla."

"Riavrai la tua roba, Jess. Non preoccuparti. Ci penserò io. Poi qualcosa ce l'hai. Hai me. Io sono tuo amico. Penserò io a te. Non dovrai andare alla casa rifugio. Nel mio appartamento ci sono due stanze da letto. È un appartamento un po' schifoso, ma almeno hai un tetto sulla testa. Potrai rimanere tutto il tempo che ti serve per mettere da parte abbastanza soldi e trovare un posto tutto tuo."

Sentendo le parole di Kason, Jess scoppiò in lacrime. Ormai non poteva più trattenersi. Kason non le aveva detto di tacere, non le aveva detto che andava tutto bene, l'aveva solo tenuta abbracciata. La coccolava, le accarezzava la schiena.

Jess non sapeva minimamente per quanto tempo avesse pianto, ma a un certo punto anche le lacrime terminarono. Era esausta, completamente sfinita. Riaprì gli occhi e vide la maglietta di Kason, tutta bagnata.

"Ti ho bagnato tutto."

Kason reagì ridendo. "Ho sgobbato come un mulo in un sacco di missioni terribili. Sono sopravvissuto alla settimana infernale di addestramento. Sono stato nelle giungle più fitte senza doccia per una settimana. Qualche lacrima e un po' di muco non mi fanno nessuna impressione."

Le sue parole fecero arrossire Jess. Non aveva nemmeno pensato al muco! "Santo cielo. Ma scusami, mi dispiace, questa non è la giungla, non è una settimana infernale."

Poté sentire la risata direttamente dal petto di Kason. Era una bella sensazione.

"Vuoi un po' di acqua o qualcos'altro?"

Jess fece cenno di no con la testa. Stava bene così com'era. "Non voglio muovermi."

"Va bene." Jess sentì la mano di Kason dietro la testa. L'accompagnò sul suo petto perché riposasse meglio. "Puoi dormire. Penseremo a tutto domattina."

"Ma..."

"Jess, sono stanco. Tu sei stanca. È stata una giornata tremenda. Ora rilassati. Fidati di me. Ci penso io. Sei al sicuro, puoi dormire."

"Va bene." Jess fece una pausa, poi disse rapidamente: "Grazie. Di tutto."

"Ma prego, Jess. Grazie a te per avermi contattato. Per me è molto importante. Ora dormi."

Jessyka non credeva di riuscire ad addormentarsi,

invece dormiva già dopo qualche momento. Non si accorse che Kason era rimasto sveglio un'altra ora, semplicemente per godersi la sensazione di averla tra le braccia. Non lo sentì dire a bassa voce: "Sarai sempre al sicuro, se farò parte della tua vita."

CAPITOLO SEI

BENNY CERCÒ di non fare rumore in cucina, mentre preparava a Jessyka una colazione generosa. Stava ancora ripensando a tutto quanto gli aveva detto la sera prima. Aveva un sacco di cose da fare per aiutarla, ma prima voleva che mangiasse qualcosa.

In tutta la vita, Benny aveva sempre sentito il bisogno di proteggere gli altri, ma le sue emozioni per Jess andavano ben oltre qualunque esperienza passata. Era stato un gran donnaiolo, in passato, le avventure da una notte non gli erano mancate, non pensava molto alle emozioni e ai sentimenti delle donne con cui era stato, quando decideva di non farsi più sentire. Ma Benny non aveva mai trovato una donna che gli piacesse veramente. Una donna che desiderasse conoscere anche fuori dalla camera da letto. Con Jess, invece, aveva scoperto una sensazione nuova, desiderava sapere tutto di lei. Voleva sapere chi fossero i suoi amici, cosa le piacesse mangiare, cosa fosse abituata a fare tutti i giorni, proprio tutto.

Benny non era mai stato amico di una donna prima di quel momento. Gli venne in mente che forse era un *cliché*, eppure era così. Aveva usato le donne, che lo avevano usato. Ripensandoci, era amico delle compagne dei suoi commilitoni, ma quella era una storia diversa. Erano donne impegnate. Era impossibile che desiderassero portarselo a letto, del resto anche lui certamente non provava quel desiderio nei loro confronti. Ma Jess? Sì, Benny poteva ammettere tranquillamente di volerla portare a letto, ma era anche vero che gli piaceva. Era una donna forte, una lavoratrice, acuta di spirito, molto interessata agli altri. Non lo vedeva come una conquista. Almeno questo era quello che pensava lui.

Capì che Jess era diversa quando la immaginò in cucina, senza per questo innervosirsi. A lui in genere non piaceva venire "aiutato" quando cucinava. Era molto meticoloso, aveva preso in giro in più di un'occasione i suoi compagni di squadra e le loro donne, era fatto così.

Il suo primo pensiero, quella mattina, era stata una visione di Jess in piedi vicino a lui, mentre preparavano insieme la colazione. Benny immaginò che tutto nascesse anche dal fatto che l'aveva tenuta abbracciata tutta la notte. La sensazione del corpo di lei sul suo era diversa da qualunque sensazione passata. Gli era capitato di coccolare una donna, pensando che fosse dovuto, dopo aver fatto sesso, non perché sentisse un reale legame. Probabilmente si era comportato da stronzo, ma non poteva fingere dei sentimenti che non aveva.

Invece, con Jess, Benny si era sentito completamente soddisfatto anche solo abbracciandola tutta la notte. Non aveva sentito l'istinto irrefrenabile di fare sesso con lei, voleva solo tenerla vicina, essere sicuro che stesse bene.

Benny fu risvegliato dalle sue fantasie quando vide la testa di Jessyka spuntare dal divano.

"Dormito bene?" le chiese, richiamando la sua attenzione, mentre mescolava le uova nella ciotola che aveva in mano.

Jess girò la testa e lo vide in cucina. "Con mia grande sorpresa, sì."

"In bagno ci sono uno spazzolino e del dentifricio per te. Non ho saponi o shampoo molto femminili, ma se vuoi farti una doccia puoi usare i prodotti che uso io." Benny vide gli occhi di Jess spalancarsi. Sì, voleva farsi una doccia.

"I vestiti saranno un po' un problema, almeno finché Dude non torna stamattina con la tua roba, ma nel frattempo puoi indossare una delle mie magliette che troverai in bagno, con un paio di boxer. Ti andranno larghi, ma più tardi ti potrai cambiare."

Jess arrossì, sperando che Kason non se ne accorgesse. Il solo *pensiero* di indossare il suo intimo le faceva venire la pelle d'oca su tutto il corpo. Cercò di controllare le sue reazioni. Kason era un amico, per quanto sensuale fosse, non voleva rovinare la cosa migliore che le era capitata nell'ultimo anno.

"Avrei proprio voglia di farmi una doccia, grazie." Si alzò e ciondolò un poco, appoggiandosi al divano.

Prima ancora che potesse incamminarsi, Kason la raggiunse, sostenendole il gomito con una mano, per aiutarla a stare in equilibrio.

"Stai bene? Avrei dovuto chiedertelo prima."

"Sì, sto bene. Solo che mi sono alzata troppo alla svelta."

"Come va il fianco?"

"Kason, sto bene. Te lo garantisco." Jess vide che lui si allontanava, pur sempre con lo sguardo preoccupato.

"Se non ti dispiace, fai qualche passo, così sono sicuro che non mi cadi faccia a terra appena mi volto," le chiese Benny, attendendo di vedere coi suoi occhi come poteva camminare Jess.

Vide che lei fece come le aveva chiesto. Sembrava star bene, al di là del suo zoppicare normale, non sembrava camminare con difficoltà maggiori del solito. Tornò in cucina e parlò, le parole gli uscirono prima che potesse accorgersene.

"Brian è uno stronzo idiota. Tu non sei sfigata. A me piace come ti muovi." Benny vide Jess che si girava verso di lui con un'espressione incredula negli occhi. Decise di giocarsela in leggerezza, per quanto poteva. In un momento indefinito, da quando le stava preparando la colazione a quando era andato al suo fianco per assicurarsi che non si facesse male, aveva deciso che era sua.

Benny non poteva provare tutti quegli istinti di protezione nei suoi confronti, senza desiderare che stesse con
lui. L'avrebbe aspettata tutto il tempo necessario, con la
speranza che, chissà quando, alla fine anche lei
ricambiasse.

"Non so perché zoppichi così, ma credo di aver
capito che hai la gamba sinistra più corta della destra.
Ormai ti osservo da vari mesi. Jess, ti muovi in modo
molto sensuale. Anche se non te ne accorgi, io lo vedo,
anche i miei compagni. Quando cammini, fai ondeg-
giare i fianchi. La differenza di lunghezza tra le tue
gambe fa in modo che i fianchi si muovano avanti e
indietro in modo esagerato. Da dietro, il movimento ti
modella un sederino che fa venir voglia di accarezzarlo.
Davanti, il modo in cui cammini fa muovere i tuoi seni
in sintonia col tuo corpo. Te lo ripeto, è un movimento
sensuale da morire. Se Brian diceva che sei sfigata, significa solo che non sa apprezzare le forme femminili. E
poi, Jess, il tuo corpo è assolutament-issima-mente
perfetto. Credimi. Perché, te lo giuro su Dio, ogni uomo
nel bar lo apprezza. Te lo giuro, santo cielo."

Jess era in piedi all'ingresso del corridoio, che
doveva portare alle camere da letto e al bagno. Era lì
che fissava Benny, senza sapere come rispondere, o se
rispondere.

Benny sorrise e continuò a sbattere le uova, portandole alla consistenza giusta, prima di versarle in padella
per preparare la frittata. Il messaggio era arrivato,
proprio come intendeva lui, ogni singola parola che

aveva detto era l'assoluta verità. Era ora che lei la smettesse di credere alle parole che quello stronzo le sputava addosso da fin troppo tempo.

"Hai intenzione di farti la doccia, bella, o preferisci rimanertene lì in piedi a fissarmi?"

Jess si girò e filò via nel corridoio, ignorando la risata di Benny, mentre si allontanava.

Trenta minuti dopo, Benny sentì la porta del bagno che si apriva. Si girò verso il corridoio, per aspettare che arrivasse Jess.

Lei entrò nel salotto dell'appartamento, lui non poté far altro che fissarla. Aveva i capelli neri belli puliti e lucenti, si sentiva perfino l'odore del suo sapone che invadeva l'ambiente. Ma a catturare davvero la sua attenzione fu il suo corpo. Jess indossava i suoi vestiti, il cuore cominciò a battergli forte.

Lei entrò lentamente e si avvicinò agli sgabelli del piano di lavoro della cucina, poi si accomodò. Benny potè vedere meglio il suo corpo, più di quanto non avesse visto da molto tempo. I boxer le lasciavano le gambe scoperte, la maglietta le copriva la parte alta delle braccia, lasciando esposti gli avambracci. Era una maglietta così larga che continuava a scivolarle giù da una spalla. La vide che se la sistemava con la mano, mentre si sedeva.

Benny strinse i pugni e cercò di calmarsi. I lividi sugli avambracci si vedevano chiaramente sulla sua pelle pallida. I segni sulla gola stavano svanendo, ma si vedevano comunque bene. Non era riuscito a guardarle bene le gambe, prima che si sedesse, ma Benny era convinto di aver visto dei lividi anche su quelle.

Si girò verso i fornelli e versò le uova sbattute nella padella fumante. "Spero che per colazione ti vada bene una frittata." Benny pensava di aver detto qualcosa di normale, specialmente dopo tutti i pensieri omicidi che gli erano passati per la mente.

"Va più che bene. Non mangio una frittata da secoli. Grazie, Kason."

"Non devi ringraziarmi per ogni singola cosa che faccio, Jess."

"Mi sento in dovere."

"Beh, invece no. Tu *non* sei un'ospite in questa casa. Anche tu vivi qui. Di certo farai anche tu la tua parte. Pensa che noia se dovessimo ringraziarci a destra e a manca tutto il giorno." Benny cercò di attutire il colpo delle sue parole con un sorriso.

Jess rispose con uno sguardo compiaciuto. "Va bene. Ci proverò. Solo che non sono abituata ad essere trattata così. Brian non lo faceva mai."

"Allora, primo, io di sicuro non sono Brian. Secondo, sarà meglio che ti ci abitui."

Era ovvio che Jess avrebbe ignorato le parole che le aveva detto prima, ma per Benny andava bene così. Non voleva metterle fretta, ma avrebbe fatto tutto il possibile, avrebbe detto tutto il necessario per cancellare dalla sua mente tutte le parole terribili che aveva sentito fin troppe volte dallo stronzo con cui viveva.

Le mise davanti un bicchiere di succo d'arancia, poi tornò ai fornelli per girare la frittata.

"A che ora devi andare a lavorare?" domandò Jess.

Benny si voltò di nuovo verso di lei, appoggiando il palmo delle mani al bancone della cucina, dietro di lui. "Non devo andare al lavoro per un paio di giorni. Mi sono preso un permesso."

"Ma non puoi."

"E perché no?"

"Eh... perché no."

Benny rise. "Ma che risposta è? Senti, non vorrai davvero pensare che ti possa lasciare qui, da sola, il giorno dopo essere stata al pronto soccorso, vero?"

"Eh..."

"Impossibile, Jess. Ci sono delle seccature da affrontare. Per prima cosa, Dude ti porterà qui un po' delle tue cose. A un certo punto dovremo tornarci, per prendere tutto il resto. Non lascerò che torni in quella casa senza di me, o senza uno dei miei amici. Poi dobbiamo scoprire i dettagli del funerale di Tabitha. Non permetterò che Tammy o Brian ti facciano delle ramanzine, quindi se dovrò trovare un momento in cui potrai salutare di persona Tabitha, lo farò. Poi devi chiamare la casa rifugio per far sapere che non avrai più bisogno dell'alloggio protetto. Devi anche contattare il tuo boss, al lavoro, per dirgli cosa è successo e riorganizzare i tuoi orari di lavoro. Infine, ci sono le ragazze che vogliono venirti a trovare, perché vogliono assicurarsi che tu stia bene. Sono riuscito a farle aspettare un poco, ma credo che resisteranno solo un giorno o due, poi dovrai accettare l'assalto."

"Non capisco," sussurrò Jess, completamente sopraffatta.

"Ma cosa non capisci?" Benny le si avvicinò e si appoggiò di nuovo al piano di lavoro della cucina, concentrando tutta la sua attenzione su Jess.

"Io posso fare tutte quelle cose, non devi rimanere a casa dal lavoro."

"Jess, gli amici servono per questo. Tu non sei più da sola. Penserò io a te. Anche i miei amici penseranno a te."

"Io non credo che sia compito degli amici. Cioè, intendo dire che non ho mai avuto amici che mi aiutassero così, in passato."

Benny le si avvicinò e le mise il palmo di una mano sulla guancia. "Adesso hai degli amici che si occupano di te, bella."

Jess non riuscì a trattenersi, chinò il capo da un lato e alzò una mano, portandola sul viso di lui. "Grazie," sussurrò.

Sorridendo, Benny la stuzzicò: "Cosa ti dicevo sul fatto di ringraziarsi continuamente?" Mise l'altra mano dietro la sua nuca, poi tirò a sé la sua testa e la baciò sui capelli, per poi lasciarla andare. "Hai bisogno di un antidolorifico?"

Jess ebbe solo un momento per provare un minimo di delusione, quando Kason le tolse le mani da dietro la testa, prima di cambiare argomento. Ci pensò un secondo. "No, grazie, sto bene." Vedendo il leggero broncio di Kason, aggiunse subito: "Ma se mi farà male, ne prenderò uno più tardi. Promesso."

"Va bene, volevo solo dirti che sarebbe meglio prenderlo a stomaco pieno. Ecco qua, frittata con pomodori, peperoni, cipolle, salsa di chorizo e un po' di pancetta, ovviamente con una spolverata di formaggio grattugiato. Se preferisci un sapore più regionale, ci sono anche panna e salsa al pomodoro."

"Mi prendi per il culo?"

"No, fatti sotto."

"Non ho mai incontrato un uomo che sapesse cucinare."

"Beh, allora adesso ne conosci uno. Mangia."

Jess impugnò la forchetta e guardò Kason. "E tu cosa mangi?"

"La mia è sul fuoco adesso."

"Ti aspetto." Jess posò la sua forchetta.

"No, non devi. Mangia, Jess. Se no diventa freddo. Il mio è pronto tra poco."

"Ma non voglio essere maleducata," si impuntò.

Benny rise. Santo cielo, era così carina. "Ma no. Se ti dico di mangiare...fallo. Davvero, si gusta molto meglio se è ancora calda."

"Oh, allora va bene. Ma la prossima volta mangi prima *tu*."

Benny non era d'accordo con Jess, ma le sorrise comunque. Era contento di vederla di umore relativamente buono. Non aveva la minima idea di che tipo di pensieri avrebbe avuto, alzandosi quel mattino. Il giorno prima era stato molto difficile, anche i giorni successivi sarebbero stati impegnativi. Jess non sarebbe mai riuscita a gettarsi alle spalle la perdita di Tabitha, ma forse, magari con un po' di fortuna e tanto sostegno, sarebbe riuscita a elaborarla per andare avanti nella sua vita.

Benny infine si disse d'accordo con quell'ultima affermazione, sul mangiare per primo, sapendo di mentire, le disse: "Va bene, Jess, la prossima volta mangio prima io." Vide con soddisfazione che lei chiudeva gli occhi e gemeva, mentre masticava il suo primo boccone di frittata. Con sua grande sorpresa, Benny sentì che gli stava diventando duro. Cazzo. Doveva controllarsi. Non voleva affatto spaventarla. Tornò ai fornelli.

"Santo cielo, Kason. Ma è meravigliosa."

Benny alzò le spalle. "Solo una frittata."

"Oh, no. Non è vero, è... cavolo, non ho parole, ma di certo se partecipassi a uno dei reality dove si cucina vinceresti a man bassa."

"Grazie, credo. Ora basta parlare a bocca piena."

Jess scosse la testa e fece come le chiedeva.

Poco dopo, finita la colazione, Jess lavò i piatti, insistendo per farlo, poi si sentì bussare alla porta.

"Aspetta qui, ci penso io," disse Benny.

Jess sentì che era un ordine, anche se espresso con tono gentile. Rimase lì, in piedi vicino ai mobili della cucina, nell'attesa di vedere chi fosse. Benny aprì la porta e uno dei suoi amici militari entrò.

"Ehi, Dude, grazie per essere venuto. Hai avuto problemi?"

"No no, non ho visto nessuno. Sono entrato e ho preso la borsa. Era proprio dove avevi detto."

Poi quell'uomo rivolse i suoi occhi penetranti verso Jess. Lei si sentì completamente nuda, in piedi in quella stanza, con addosso solo la maglietta e i boxer di Kason, ma si fece forza e venne avanti, per ringraziare quell'uomo enorme che le aveva portato le sue cose. "Grazie mille!"

"Ma stai scherzando, cazzo?"

Jess fu sorpresa da quelle parole così crude, provenienti dalla bocca dell'amico di Benny, così fece involontariamente un passo indietro per allontanarsi da lui.

"Dude..." lo avvertì Benny, a voce bassa.

"Non mi avevi detto che quello stronzo ha cercato di strangolarla, Benny."

Jess si portò le mani alla gola per tentare di coprirsi i segni residui. Se li era proprio dimenticati. Benny l'aveva messa a suo agio a tal punto da rilassarsi completamente, fino a dimenticarsi dei suoi lividi.

"Ti ho detto che c'era un motivo, per cui indossava il collo alto."

"L'unico motivo per cui una donna si sente costretta a indossare un cavolo di collo alto quando fuori ci sono più di trenta gradi è che si deve coprire i segni lasciati dalla rabbia di un uomo sul suo collo la sera prima, perché non vuole farli vedere a nessuno, perché qualche testa di cazzo non vuole che le si facciano domande, altrimenti finirebbe in galera."

Porca vacca. Le sue parole fecero sussultare Jess sul posto. Era un tipo davvero intenso, che però non si era minimamente mosso verso di lei; quanto aveva detto trasmetteva attenzione, anche se suonava molto intimidatorio. Era ovvio che fosse arrabbiato con Brian, non con lei. Lei sentiva che era un carattere più deciso rispetto agli altri uomini che aveva conosciuto all'*Aces*, ma aveva qualcosa in comune con tutti loro, era in grado di farla fremere fino al midollo.

Dude proseguì la sua filippica. "Se hai quei segni sul collo significa che quel figlio di puttana con cui vivevi ha bisogno di una lezione di buone maniere, deve imparare come si tratta una donna." Dude entrò nell'appartamento e si avvicinò a Jess.

Gli occhi di Jessyka si portarono su Kason. Le aveva detto che non avrebbe permesso a nessuno di farle del male. Non poteva correre, tanto per cominciare, il suo fianco non glielo avrebbe permesso, e poi non sapeva dove rifugiarsi, in quell'ambiente così piccolo. Così respirò. Kason sembrava calmo. Qualunque cosa volesse da lei il suo amico, non voleva farle del male. Vedendo che Kason non era preoccupato che il suo amico le potesse far del male, anche lei si fece coraggio e rimase dov'era, mentre quel SEAL possente le si avvicinava.

Dude le prese il mento gentilmente con la mano e le orientò la testa verso l'alto. Jess sentì che con l'altra mano le sfiorava il collo. Poi le lasciò andare il mento e le afferrò una mano, le alzò la manica della maglietta per guardare i lividi sul braccio, poi fece lo stesso sull'altro braccio. "Zoppichi a causa sua?"

Jess mosse il capo per negare, aveva la gola così tesa che non sarebbe riuscita a proferire parola nemmeno per salvarsi la vita.

Dude si avvicinò con la testa, come per capire se stesse dicendo o meno la verità. Ciò che vide sembrò bastare, perché girò i tacchi e ritornò verso la porta. "Telefono a Wolf. Andiamo oggi stesso a riprendere il resto della sua roba. Tu occupati di lei." Poi uscì dalla porta e se ne andò.

Jess era rimasta senza fiato, tornò a guardare Kason. Era in piedi vicino alla porta, ora chiusa.

"Vieni qui."

Jess non stette a pensarci. Andò da lui. Camminò a suo modo attraversando la stanza, per arrivare dritto tra le braccia di Kason. Mentre l'abbracciava, tornò finalmente a respirare con calma, per la prima volta da quando aveva sentito bussare alla porta.

"Il tuo amico è molto deciso," commentò Jess, per quanto le sembrasse di minimizzare alla grande.

Benny rise. "Lo conosci a malapena. Stai bene? Dude non ti farebbe mai del male, ma non potevi saperlo."

"Sì, lo *sapevo*. Cioè, insomma, non da subito, ma hai detto che non avresti permesso a nessuno di farmi del male, non ti sei mosso quando si avvicinava, quindi ho capito che andava tutto bene."

"Santo cielo, Jess. Grazie della fiducia."

"Credevo non dovessimo ringraziarci continuamente," disse Jess con tono scherzoso, guardando Kason che la teneva tra le braccia.

Lui rise di nuovo. "Beccato. Va bene, oggi affrontiamo una cosa alla volta. Vai a vestirti. Immagino ci siano dei vestiti, nella borsa che ha portato Dude." Benny indicò la borsa appoggiata al pavimento, Dude l'aveva messa vicino alla porta, quando era entrato.

"Quando ti sarai vestita, ci occuperemo delle altre rotture. Ovviamente possiamo anche non preoccuparci del 'recuperare la tua roba', perché ci penseranno Dude e gli altri ragazzi."

"Come faranno a capire cos'è mio e cosa di Brian?"

"Ci penseranno loro, altrimenti, chi se ne frega. Se dimenticano qualcosa, vado io a prenderla."

"Non posso chiederti..."

"Non me l'hai chiesto. Mi sono offerto." Benny aveva interrotto Jess prima ancora che riuscisse a terminare il suo pensiero, poi si abbassò, afferrò la sua borsa e gliela porse. "Ora vai a cambiarti. Per quanto mi piaccia vederti con la mia maglietta, ci sono delle rotture di scatole che dobbiamo affrontare, non voglio farti uscire da qui vestita in modo così sexy. Muoviamoci." Benny lasciò andare Jess e la fece girare verso l'interno dell'appartamento. La spinse un poco sulla schiena per darle il via.

"Voi ragazzi dovreste prendere qualche lezione di 'prepotenza'," disse Jess ridendo, mentre si incamminava verso il corridoio. Poi si voltò, per trovare gli occhi di Kason che le guardavano il sedere, mentre camminava. Vacillò un poco, pensando a quanto le aveva detto prima.

Vide che Benny alzava gli occhi, togliendoli dal suo sedere per guardarla negli occhi. Fu un'occhiata rapida, perché riabbassò subito gli occhi. Jess non poté far altro che ridere e scuotere la testa, mentre si addentrava nel corridoio.

CAPITOLO SETTE

Jessyka era seduta sul divano, nell'appartamento di Kason, cercava di non piangere. Aveva pianto abbastanza, per un giorno solo.

Anche se la mattina era cominciata bene, il resto del giorno aveva fatto schifo. Aveva chiamato il capo, al locale, lui era rimasto inorridito da quanto successo. Per fortuna, dato che era una brava lavoratrice, le aveva concesso un'intera settimana di permesso.

Poi, Jess aveva contattato la casa rifugio per far sapere che stava bene e che alloggiava con un amico. A Jess era piaciuto il modo in cui Kason aveva messo le mani sulle sue, mentre lo diceva.

Poi Kason aveva preso l'iniziativa e aveva telefonato a Wolf. Dude aveva già parlato con lui e con gli altri della squadra di SEAL, si erano organizzati per andare a casa di lei a prendere le sue cose. Caroline, che sembrava essere la moglie di Wolf, aveva insistito per andare con loro. Anche Jess avrebbe voluto andare, ma Kason le aveva detto di no, continuando a organizzare tutto senza coinvolgerla.

Jess se l'era presa, ma Kason le aveva spiegato che doveva andare a vedere Tabitha, così lei si era rassegnata. Aveva ragione. Se potevano andare i suoi amici a prendere le sue cose, senza di lei, perché doveva opporsi? In fondo si sentiva sollevata, non era costretta a rivedere Brian o la casa in cui aveva ricordi così terribili.

L'ultima voce in elenco era Tabitha, che era anche il motivo per cui il resto del giorno era stato uno schifo. Kason aveva sfruttato qualche contatto e aveva parlato col responsabile delle pompe funebri. Il tipo gli aveva spiegato che Tammy aveva richiesto la cremazione del corpo di Tabitha. Non aveva nemmeno organizzato un funerale per sua figlia.

Kason si era attivato in modo che Jessyka potesse andare a dirle addio. Jess non aveva idea di come ci fosse riuscito... senz'altro non era così semplice, non poteva certo alzare il telefono e dire semplicemente che volevano vedere una salma... tecnicamente non era nemmeno parente di Tabitha... eppure, in qualche modo, Kason ci era riuscito. Erano arrivati alle pompe funebri nel pomeriggio. Il responsabile li aveva condotti in una stanza, sul retro, lasciandoli da soli alla presenza del corpo di Tabitha.

Jess era rimasta in piedi alla porta, paralizzata, con gli occhi fissi sul lettino. Sapeva che Tabitha era sdraiata sotto al lenzuolo, non era sicura di poter reggerne la vista.

"Non ce la faccio," disse sommessamente, con la voce spezzata.

"Fai con calma, Jess," le disse Kason abbracciandola da dietro e avvicinandola a sé. Lei si era sciolta tra le sue braccia, aveva un bisogno disperato di sostegno.

"Non ce la faccio," aveva ripetuto debolmente.

"Va bene."

Jess non si era mossa, così anche Kason.

Dopo un periodo di tempo che sembrava infinito, anche se probabilmente si trattava solo di un minuto o due, Jess si era avviata con passo incerto verso il corpo sdraiato sulla lettiga, per poi fermarsi. Il lenzuolo era di un bianco quasi abbagliante. Avrebbe tanto desiderato che Tabitha si sedesse all'improvviso urlando "sorpresa!" e ridendo nel modo in cui Jess se la ricordava, quando era più piccola.

"E se non sembrasse più nemmeno lei? Non posso ricordarmela così, l'ultima volta che la vedo."

"Rimani qui." Kason le aveva messo le mani sulle spalle, facendo un po' di pressione. Poi si era abbassato per avvicinarsi a lei e aveva detto a bassa voce, all'orecchio di Jess: "Darò un'occhiata io e te lo dico. Ti fidi di me?"

"Sì." La risposta di Jessyka era stata immediata e sollevata. "Non dovrei chiederti..."

"Jess, guardami." Benny le era girato intorno e si era messo in piedi davanti a lei. "Io ci sono abituato. Sono un SEAL. Questa non è la prima volta che vedo il corpo di una persona morta. Va bene? Fidati di me, ti dirò io se ce la potrai fare o meno.”

Jess aveva solo potuto annuire. Si era sporta in avanti leggermente e aveva appoggiato la fronte sul petto di Kason, aveva bisogno di contatto. Poi aveva alzato le mani, portandole ai fianchi di lui, per impugnare la sua maglietta. Aveva sentito le mani di Kason che la circondavano. Erano rimasti così, in piedi, per un minuto abbondante, poi lei aveva sentito che Kason abbassava le braccia. Le aveva baciato la testa e poi l'aveva fatta girare gentilmente, in modo che fosse rivolta verso la porta.

“Dammi un secondo.”

Jess aveva annuito di nuovo. Aveva sentito il fruscio del lenzuolo, poi nulla. Allora Kason era tornato.

“Va tutto bene, andiamo.”

Jess aveva preso un respiro profondo e si era voltata. Kason le aveva messo le braccia intorno alla vita e i due si erano incamminati insieme per raggiungere il corpo di Tabitha.

Kason aveva rimosso il lenzuolo abbastanza da scoprire solo il viso di Tabitha. Jess aveva trattenuto un singhiozzo. Sembrava che stesse dormendo. Tabitha era pallida, ma per il resto aveva esattamente lo stesso aspetto dell'ultima volta in cui Jess l'aveva vista.

Jess era crollata. Mai avrebbe pensato di poter piangere così tanto. Kason era stato così paziente e gentile con lei. L'aveva tenuta stretta, mormorandole parole di incoraggiamento. Non le aveva messo fretta, come avrebbero potuto fare tanti. Jess credeva di essere rimasta in quella stanza per almeno un'ora. Ogni volta che Jess aveva deciso di essere pronta ad andarsene, non era riuscita a muoversi per farlo.

Infine, fu davvero pronta. Jess pensava di aver attraversato tutte cinque le fasi del lutto, in quell'ora con Tabitha. Prima aveva cercato di negare che fosse morta davvero. Tabitha le era sembrata davvero così normale, che all'inizio non credeva nemmeno fosse morta. Poi si era arrabbiata. Tabitha non aveva il diritto di uccidersi. Era stata egoista, non aveva considerato la loro amicizia. Poi Jess era entrata in fase di patteggiamento. Kason aveva dovuto stimolarla perché la superasse. Era tornata a ripetere i ragionamenti "e se solo" che aveva già espresso la sera prima. Kason le aveva ricordato gentilmente che non era colpa sua e che non c'era nulla che Jess averbbe potuto fare, per arrivare a un esito diverso.

Infine, aveva pianto. Tanto. Era deprimente da morire, vedere una persona così fantastica, esanime. Nessun altro al mondo avrebbe mai potuto leggere le sue storie meravigliose, nessuno avrebbe mai saputo che persona sbalorditiva fosse Tabitha. Jess alla fine aveva dovuto accettare la situazione. Tabitha era morta. Almeno non soffriva più. Jess non avrebbe più dovuto preoccuparsi della sua amica ipersensibile agli eventi della vita di tutti i giorni.

Però Jess sapeva che avrebbe rivissuto le stesse identiche emozioni, tutte, prima o poi. Un'ora non bastava certo a riprendersi completamente, ma a quel punto sapeva di aver raggiunto un certo equilibrio, grazie alla presenza di Kason, con lei.

Jess aveva baciato Tabitha sulla fronte, piangendo ancora un poco, aveva sentito la sua pelle fredda, poi aveva lasciato che Kason coprisse di nuovo il volto di Tabitha con il lenzuolo.

"Andiamo, bella, usciamo da qui."

Jess aveva annuito e se n'erano andati. Kason aveva ringraziato il responsabile delle pompe funebri e poi erano andati in quello stesso parco in cui si erano ritrovati non tanto tempo prima, quando la stava portando a casa, quella prima sera. Lui non aveva parlato, l'aveva solo aiutata a uscire dall'auto, avevano fatto una breve passeggiata, fino a una panchina. Si erano seduti sulla panchina a parlare prima di Tabitha, poi di null'altro di importante, per oltre due ore. Infine, quando lo stomaco di Tabitha cominciava a brontolare, Kason l'aveva aiutata a rialzarsi e a tornare in macchina, per rientrare nel suo appartamento.

Ora era seduta sul divano, era comodo e accogliente, cercava di non piangere. A Jess sembrava di aver pianto tutto il giorno. Odiava l'impressione di essere così frignona, non era mai stata così fragile. Aveva bisogno di distrarsi. Si alzò e si avviò in cucina.

"Posso aiutarti?"

Benny guardò Jessyka. Era stata molto forte tutto il giorno, era così fiero di lei. Voleva prepararle un buon pasto, cucina casalinga. Non aveva mai invitato una donna ad aiutarlo in cucina, in passato. Era il suo ambiente, il luogo in cui andava ogni volta che doveva rilassarsi. Ma il pensiero di avere Jess vicino, che l'aiutava, lo faceva star bene. Gli sembrava il naturale passo successivo nel loro rapporto... qualunque fosse il rapporto.

"Non c'è nulla che desideri di più del tuo aiuto, Jess."

Jessyka inclinò la testa, chissà come, sapeva che le sue parole significavano più di quanto potesse capire in quel momento, ma non le andava di indagare troppo.

"Dove mi vuoi?"

Benny sogghignò, se solo Jess avesse saputo dove la voleva veramente, probabilmente sarebbe fuggita a gambe levate dall'appartamento.

"Vien qui. Taglia le verdure, intanto preparo le lasagne."

"Stai facendo le lasagne? Ma non sono... complicate?"

Benny si abbassò verso Jess, entrando nel suo spazio personale. "Come? Non pensi che sia in grado di cucinare cose complicate?"

Jess deglutì a fatica. In alcuni momenti pensava che Kason volesse qualcosa di più, della semplice amicizia, come in quel momento, ma poi altre volte si comportava da amicone. "So... sono sicura che sei capace." Le dava fastidio la sua voce che si era spezzata.

"Posso cucinare ricette complicate, bella. Te lo garantisco. Mi piace cucinare. Sono anche bravo. Saranno le lasagne migliori che tu abbia mai mangiato."

"A giudicare dalla frittata di questa mattina, sarà senz'altro così."

Lavorarono insieme, fianco a fianco in quello spazio ridotto. Jess si allungava per prendere un coltello, passando intorno a Kason che preparava gli strati di ragù e pasta fresca. Lui si allungava per rubare una fetta di peperone verde dal tagliere, su cui lei l'aveva tagliato. Risero e scherzarono. Era proprio ciò di cui Jess aveva bisogno. Si sentiva bene, normale.

"Ecco, assaggia qui."

Jess si girò e vide Kason con un cucchiaio di legno, che le porgeva un poco del ragù che aveva preparato. Teneva una mano sotto al cucchiaio, per evitare che il contenuto potesse gocciolare per terra. "Ti garantisco che è il miglior ragù che tu abbia mai assaggiato."

Senza pensarci, Jess afferrò il polso di Kason, piegandosi verso la mano che teneva il cucchiaio. Poi aprì la bocca e lo guardò, proprio mentre chiudeva le labbra intorno al cucchiaio. Il calore di quell'assaggio quasi la scottò. Si tirò indietro, si leccò le labbra e gli lasciò andare il polso.

"Buono, vero?" Le domandò Benny, senza mai togliere gli occhi dalle labbra di Jess. Con il pollice, le tolse dall'angolo della bocca un residuo di ragù. Cercò di non gemere, quando lei tirò fuori la lingua per leccare proprio dove lui aveva appena toccato.

"Santo cielo, Kason, questo è davvero il ragù più buono che abbia mai assaggiato."

Le sue parole innocenti risvegliarono la libido di

Benny... di nuovo. Le parole i Jess non lasciavano trapelare alcun doppio senso, ma fu proprio così che le interpretò lui. Sentirle dire quanto aveva detto, vedere come aveva aperto la bocca, come gli aveva tenuto il polso e come lo guardava con gli occhi, in tutta onestà e spontaneamente, gli aveva subito provocato l'inizio di un'erezione nei jeans. Immaginava fosse proprio la stessa posizione che avrebbe assunto, in ginocchio ai suoi piedi, pronta a prenderglielo in bocca.

"Aspetta di assaggiare il piatto pronto, bella," riuscì a rispondere Benny, tenendo la parte inferiore del corpo lontana da lei, deglutendo a fatica, cercando di tener presente la giornataccia appena trascorsa. Considerato tutto quanto era successo, non aveva certo bisogno di dover affrontare il suo desiderio, così palese.

Dopo aver messo le lasagne a cuocere in forno, Benny le propose di mangiare un'insalata, intanto che si cuocevano. Sentiva lo stomaco di Jess brontolare, non voleva farla aspettare un'altra ora prima di mangiare. Si misero seduti in cucina a mangiare un'insalata. Parlarono del più e del meno, finché Benny non vide la tristezza che prendeva piede negli occhi di Jess.

L'unica cosa successa mentre stavano mangiando, che non era piaciuta a Benny, era il momento in cui si era allungato per prendere il sale. Jess aveva sobbalzato fin quasi a cadere dallo sgabello, cercando di allontanarsi dal suo braccio.

Benny si era fermato immediatamente, guardandola preoccupato. "Prendo solo il sale, Jess," l'aveva calmata.

"Sì, lo so... scusa." Era arrossita dall'imbarazzo, cercando di evitare il suo sguardo.

Kason le aveva messo una mano sull'avambraccio, accarezzandola leggermente col pollice, mentre parlava. "Non scusarti, spero solo che tu *sappia* di non avere nulla da temere con me, o con gli altri miei commilitoni. Avremo anche un corpo enorme e un aspetto truce, ma quando ci siamo noi non sarai *mai* in pericolo, non ti verrà mai fatto del male."

"Sì, lo so, Kason. Lo *so*. È solo... l'istinto. Non puoi cancellare in una notte anni di prudenza. Dovrai solo avere pazienza, con me."

Lentamente, Benny portò la mano alla guancia di Jess. "Basta che tu sappia che sei al sicuro, cercherò di avere pazienza."

"So di essere al sicuro."

"Allora va bene, per favore mi passi il sale? Avrei dovuto chiedertelo fin dall'inizio, invece di fare il maleducato e allungarmi per prenderlo. Mia madre mi avrebbe dato uno scappellotto, fosse stata qui." Le sorrise, cercando di nuovo di alleggerire il clima.

Jessyka rise e scosse la testa. Kason non faceva mai quello che lei si aspettava. Si allungò a prendere il sale, per poi passarglielo.

In seguito, finito di cenare, Jess aveva ammesso che quelle *erano* le lasagne migliori che avesse mai mangiato, poi si erano seduti sul divano a guardare una partita di *football* in televisione. Jess non faceva molta attenzione, ma non voleva essere maleducata e dire a Kason che odiava quel gioco. Ripensava in silenzio a tutto ciò che era successo, a come sarebbe stata in seguito la sua vita.

Si sentì bussare alla porta, Benny si alzò. "Stai qui."

"Cosa sono, un cane?" Jess brontolò per gioco, ma non si mosse, mentre Benny andava a rispondere alla porta.

La aprì e vide i suoi compagni in piedi. "Ciao."

"Ciao, Benny. Abbiamo la roba," gli disse Mozart, sempre un po' burbero.

Benny guardò i suoi amici, nessuno di loro sembrava felice. "Che cazzo è successo?" chiese sottovoce, non voleva che Jess ascoltasse, in caso qualcosa fosse andato storto.

"Facci entrare, Benny," disse Wolf, molto serio.

Benny aprì la porta, i cinque uomini entrarono e rimasero lì, in piedi, in quel piccolo ambiente. Tutti guardavano Jessyka, ora anche lei in piedi vicino al tavolino. Notarono tutti che, nel punto in cui si trovava, aveva il divano tra lei e loro.

"Ciao ragazzi..." cominciò, fermandosi subito, dato che nessuno rispondeva al suo saluto.

Benny la raggiunse, le mise una mano intorno al braccio e con gentilezza l'accompagnò dai suoi amici. "Prima che voi ragazzi diciate ciò che dovete dirci, lasciate che vi presenti ufficialmente. So che conoscete Jess, diamine, l'abbiamo vista quasi tutte le volte che siamo andati all'*Aces*, ma comunque, vi presento Jessyka, scritto con la "y" e con la "k", Allen. Jess, ti presento Wolf, Abe, Mozart, Cookie, e hai già incontrato Dude."

Jess guardò quegli uomini. Erano certamente belli, grandi, in quel momento rivolgevano a lei tutta la loro attenzione, il che la rendeva un po' nervosa. Era abituata a vederli con le loro compagne, quando non facevano molta attenzione a lei. "Ciao," fu l'unica parola stridula che riuscì a dire. Poi tornò a guardare Kason.

"Quello stronzo ti ha fatto tutto questo?" Grugnì Cookie.

"Eccoci qua, di nuovo," disse a mezza voce Jess. Aveva già passato il terzo grado di Dude, non si sentiva pronta ad affrontarne un altro, o altri quattro.

"Sì, Brian mi ha colpita. Mi ha fatto male. Sto bene. Ho dei lividi, ma passeranno. Ora sono qui, non sono più da lui. Non zoppico a causa sua. Sono nata con una gamba più corta dell'altra. Ho appena mangiato le lasagne più buone di tutta la mia vita, adesso sono sazia e rilassata, ho avuto una giornata lunga, di merda. Per favore, possiamo procedere?"

Con grande sorpresa, vide che gli uomini aprirono la bocca in modo strano, come se stessero per ridere, pur non facendolo.

"Sì, cari miei, possiamo procedere," disse Mozart a tutto il gruppo.

"Grazie al cielo," commentò Jess, resistendo a malapena al desiderio di far ruotare gli occhi.

"Allora, siamo andati a prendere la tua roba, oggi," disse Wolf con tono triste. "C'era un sacco di roba messa fuori, vicino ai cassonetti, abbiamo capito subito che c'era qualcosa di strano, abbiamo controllato, e abbiamo immaginato che fosse tutta tua."

Jess sussultò. Brian aveva buttato nell'immondizia tutte le sue cose?

Wolf proseguì. "L'abbiamo caricata tutta per portartela, poi Dude e Abe sono andati a 'parlare' con Brian."

"Immagino che la chiacchierata non sia andata bene," disse Jessyka, immaginando che Brian potesse comportarsi da macho, con gli uomini che adesso vedeva di fronte a lei. Quel tipo non sapeva mai quando tenere la bocca chiusa o quando era il momento giusto per lamentarsi.

"Infatti, non è andata bene," le rispose secco Abe.

"Cos'ha fatto?"

"Tanto per cominciare ha fatto lo sbruffone con noi, un atteggiamento proprio non intelligente. Poi ha insultato te, sua sorella, e qualcuno di nome Tabitha."

Jess trattenne il fiato, le bastava sentire il nome di Tabitha per farle tornare il dolore intenso che aveva provato quel pomeriggio. Era riuscita a metterlo da parte, durante la cena e dopo, seduta sul divano con Kason, ma solo sentendo il suo nome, le era tornato tutto in un attimo.

Kason le mise una mano dietro la schiena, massaggiandola lentamente. Il suo tocco l'aiutò ad allontanare le sue emozioni abbastanza da poter tornare a concentrarsi.

Abe proseguì, senza commentare quel suo respiro trattenuto: "Noi stavamo solo dando un'occhiata in giro, poi ce ne saremmo andati, ma lui ha cominciato a minacciare."

La tensione nell'aria si fece palpabile. Jess non sapeva come altro descriverla. Gli uomini erano incazzati. Erano incazzati prima, e ovviamente lo erano ancora. "Minacciare?"

"Sì, ci ha detto che ti avrebbe ridotto anche peggio, alla prima occasione, diciamo che non ha scelto bene le sue parole. Dude lo ha convinto di quanto fosse sbagliato il suo modo di pensare," disse Abe.

"Cosa gli hai fatto?" sussurrò Jess, inorridita, guardando Dude.

"Non preoccuparti, Jess," le disse Wolf a bassa voce. "Brian non ti farà mai più del male."

Jess era terrorizzata. "Ma voi ragazzi potreste mettervi nei guai. Non capisco perché rischiate la vostra carriera per me. So che da queste parti basta che qualcuno si lamenti per qualcosa che avete fatto e che si rivolga alla base. La vostra carriera nell'esercito potrebbe risentirne, a causa mia."

Dude si avvicinò a Jess, come aveva fatto quel mattino, le mise di nuovo un dito sotto al mento. Jess sapeva che avrebbe dovuto sentirsi più intimidita di quanto non fosse in realtà, ma come aveva detto a Kason quel pomeriggio, sapeva che quei tipi non le avrebbero fatto del male. Ma era ovvio che, chiunque fosse la persona con cui parlavano, volevano che li *guardasse* mentre parlavano. La mano di Kason sulla schiena contribuiva moltissimo a farla sentire al sicuro, a suo agio.

"Non ti farà mai più del male," Dude ripeté quanto aveva appena detto Wolf. "Ma, se lo incontri, girati dall'altra parte e vai via. Non affrontarlo. Avverti uno di noi, ce ne occuperemo noi."

Non glielo stava chiedendo. Glielo stava dicendo.

Jess tirò via la testa dalla presa di Dude e guardò gli altri. "Non capisco bene, ma d'accordo. Non voglio più avere a che fare con lui, quindi non è un problema per me girarmi dall'altra parte e andarmene."

"Abbiamo cercato nel tuo vecchio appartamento, abbiamo preso tutto ciò che pensavamo fosse tuo," le disse Cookie. "Purtroppo sembra che avesse già eliminato molte cose. Ciò che abbiamo rinvenuto vicino al cassonetto era rotto o distrutto. Abbiamo trovato qualche borsa con i tuoi vestiti. Però non ti devi preoccupare, Fiona e le altre sono già partite in missione per sostituire ogni vestito che è andato distrutto... vedrai che ti porteranno abbastanza vestiti da poter cambiare un completo al giorno per un anno senza mai indossare lo stesso due volte."

Gli altri uomini risero, ovviamente conoscevano le loro donne e le loro abitudini nel fare lo shopping.

"Ma non posso ripagare," si affrettò a dire Jess, rivolgendosi a Kason.

"Non le dovrai ripagare, Jess," la rassicurò Benny.

"Ma..."

Wolf interruppe Jessyka prima che potesse protestare ulteriormente. "Jess, le amicizie servono a questo. Noi ti conosciamo, ci piaci. Ti sei trovata in una situazione perversa. Avremmo tutti dovuto fare qualcosa tempo prima, ma non l'abbiamo fatto."

"Non capisco."

"Ti vedevamo sempre, Jess. Di sicuro Benny te lo avrà già spiegato. Ti abbiamo vista cambiare davanti ai nostri occhi, settimana dopo settimana. Non potevamo sapere cosa ti stesse facendo Brian, ma avevamo i nostri sospetti, eppure nessuno di noi ha *fatto* nulla. È colpa nostra. Questo è il nostro modo per cercare di riparare. E vorrei solo che ci provassi a dire ad Ice e alle altre che non prenderai le cose che ti hanno comprato. Se pensi che siamo tosti noi, non hai ancora visto nulla."

Tutti gli uomini risero. Jess non sapeva cosa rispondere.

Dude non si era mosso, ma in quel momento si abbassò per baciare Jess sulla guancia. "Ti consiglio di adeguarti, Jess. Con loro non la puoi aver vinta." Le diede un buffetto sotto al mento e si allontanò. "Vado a prenderti quello che abbiamo recuperato."

Wolf si avvicinò a Jessyka e le baciò l'altra guancia. "Aspetta qui, tesoro. Tutto andrà presto meglio. Garantito."

Gli altri tre le si avvicinarono e la baciarono uno dopo l'altro. Le trasmisero tutto il loro sostegno, per poi andarsene e assicurarsi che tutte le sue cose fossero portate all'interno.

Jess guardò Benny. "I tuoi amici sono così gentili."

"Adesso sono anche amici *tuoi*, Jess."

Lei sbatté le palpebre. Immaginava fosse così. Jess non capiva da dove arrivasse tutta quella fortuna, ma inviò una preghiera silenziosa in cielo. Forse era Tabitha che la proteggeva dall'alto, per essere sicura che stesse bene. Jess chiuse gli occhi e si lasciò andare a un piccolo sorriso.

CAPITOLO OTTO

"Andiamo, Jess! Devi provare anche questo!" la
voce di Summer si sentiva in tutto il negozio.

Jess fece cenno di no con la testa. "Summer, ho già
provato praticamente tutti i vestiti del negozio. Sono
stanca, al verde, voglio tornare a casa!"

"Solo un altro negozio, devi assolutamente vedere le
novità!"

Jess sospirò e seguì Summer fuori dal negozio. Le
compagne dei commilitoni di Kason erano davvero
meravigliose. Erano divertenti, alla mano, a Jess erano
piaciute fin dal primo momento, quando le aveva incon-
trate, quel giorno. Se lo aspettava, le vedeva sempre
insieme, al bar, ogni settimana. Non la chiamavano mai
solo con un gesto, erano sempre molto educate, lasciavano delle mance generose.

Jess prese il telefono per mandare un SMS a Kason.
Si era abituata a mandargli un messaggio ogni volta che

le veniva in mente qualcosa di divertente. Lui rispondeva sempre, magari non subito, ma nel giro di poche ore.

Summer mi fa impzzre! Aiuto!

La sua risposta fu quasi immediata, in quella occasione. *Troppo shopping?*

Sì!

Kason non le rispose, ma Jess non si preoccupò. Non aveva mai perso occasione di darle una mano. L'ultimo mese era stato surreale per Jessyka. Era molto nervosa di convivere con Kason, ma senza motivo. Lui le aveva preparato la camera degli ospiti, dove aveva un piccolo televisore tutto suo, quindi ogni volta che voleva stare un po' sola sapeva dove andare. Jess aveva insistito di ripagarlo, in futuro, Kason aveva accettato, ma lei era convinta che sarebbe stata una battaglia dura, quando avesse cercato di restituirgli qualcosa.

Così Jess faceva in modo di guadagnarsi la sua permanenza nell'appartamento. Quando faceva il bucato, si occupava anche dei vestiti di lui. Mentre lui cucinava, lei faceva le pulizie e si occupava dei piatti.

Imparò alla svelta le sue manie sulla cucina e sul cucinare. Caroline l'aveva guardata come fosse un'aliena proveniente da Marte, quando Jess le aveva detto che spesso preparava la cena insieme a Kason. Caroline le avevo spiegato che Kason non si era mai fatto aiutare da *nessuno*. Nemmeno dai suoi amici. La cucina era il suo territorio, *off limit* per chiunque, mentre cucinava.

Jess c'era rimasta quasi male, Kason non gliene aveva

mai parlato. Una sera gliel'aveva chiesto, lui aveva risposto semplicemente: "Mi fa piacere se *tu* mi aiuti."

Jess aveva lasciato perdere, perché in tutta onestà era uno dei suoi momenti preferiti, quando erano entrambi nel cucinotto, fianco a fianco, a preparare la cena.

Quando Kason doveva lavorare fino a tardi, Jess si assicurava di fargli sempre trovare qualcosa, quando tornava a casa. Jess sapeva di non essere una cuoca brava quanto lui, ma Kason non le aveva mai dato l'impressione che la sua cucina fosse meno buona di quello che si preparava lui.

Infatti aveva ammesso che, moltissime volte, quando viveva da solo, si limitava a mettere in microonde dei piatti precotti per cena. Jess c'era rimasta di stucco, ma Kason si era messo a ridere.

Jessyka ammise di ritrovarsi a un punto in cui desiderava andare oltre, con Kason, ma non aveva la più pallida idea di cosa ne pensasse lui. La sfiorava continuamente. La baciava sulla testa, le metteva una mano sul fianco, o sulla schiena, per accompagnarla in casa, o per andare da qualche parte. Quando guardavano la televisione, le metteva un braccio intorno alle spalle, le si accoccolava di fianco, ma Jess non vedeva altri segnali da parte sua, che le indicassero che voleva qualcosa di più di una semplice amicizia.

Kason non l'aveva tenuta tra le braccia, da quella prima notte. Ogni tanto, quando Jess aveva un incubo, sentiva il bisogno di essere abbracciata da Kason, per sentirsi al sicuro, ma rimaneva nel suo letto, completamente sveglia, per conto suo, nell'attesa che la paura svanisse da sola.

Vivere con Kason le aveva fatto apprezzare gli sforzi della squadra per tenersi in forma. Per avere quel fisico, dovevano darsi da fare, palestra, esercitazioni, quasi ogni giorno. Correvano quindici chilometri sulla spiaggia, nuotavano, andavano in bicicletta, sollevamento pesi... per non parlare delle simulazioni che organizzavano alla base, per aggiornarsi sulle tecniche di estrazione e salvataggio più all'avanguardia, o cose così. C'erano continuamente riunioni e altre cose di cui non potevano parlare.

Erano uomini molto impegnati, ma ogni volta che Jess telefonava o mandava un messaggio a Kason, lui le rispondeva sempre. Jess non sapeva proprio il perché, ma comunque la faceva sentire speciale. Non si era mai sentita così, in passato. Brian di sicuro non accorreva, quando lei si abbassava a chiedergli aiuto. Le venne in mente una sera, quando ancora uscivano insieme, gli aveva telefonato per dirgli che era rimasta a piedi, con una gomma a terra; era nervosa, perché era tardi e c'era buio, lui l'aveva trattata male perché l'aveva disturbato, doveva alzarsi presto il mattino dopo, per andare a lavorare. Jess alla fine aveva telefonato al soccorso stradale e aveva dovuto aspettare un'ora prima che le cambiassero la ruota, per poter tornare a casa. Aveva imparato molto alla svelta a lasciar perdere, a non chiedere aiuto a Brian.

Jessyka non sapeva proprio come scoprire se a Kason lei interessava o se la considerava solo un'amica. Aveva paura di rovinare tutto. E se non gli piaceva? Si sarebbe sentita così a disagio con lui vicino, probabilmente l'amicizia si sarebbe persa. Le sembrava di essere una ragazzetta ai primi amori. Jess capì che il primo passo per cercare di portare il loro rapporto a un livello diverso era trasferirsi, uscire dal suo appartamento. Doveva trovarsi un posto tutto suo, poi magari avrebbe potuto tastare il terreno e vedere se, chissà, forse avrebbe avuto fortuna, forse anche Kason voleva che il loro rapporto fosse qualcosa di più di una semplice amicizia.

Jess sussultò quando il telefono di Summer squillò. Stavano camminando a grandi falcate nel centro commerciale, verso i negozi dall'altra parte.

"Ciao, Mozart. *Pausa*. Sto facendo shopping con Jessyka. *Pausa*. Davvero? *Pausa*. Ma... *Pausa*. Va bene, a tra poco. *Pausa*. Ti amo anch'io. Ciao."

Jess trattenne il sorriso che le stava per spuntare.

"Oh, Jess, mi dispiace, era Mozart. Devo andare."

"Va tutto bene?"

A Jess non sfuggì il sorriso malizioso di Summer, che nel frattempo era arrossita. "Sì, gli hanno dato il resto del pomeriggio libero... vuole che torni a casa."

"Nessun problema, Summer. Possiamo fare shopping un'altra volta."

"Sì."

Jess tirò fuori il suo cellulare, mentre Summer faceva

strada nel centro commerciale verso l'uscita più vicina alla sua auto. Inviò un SMS rapido.

Grz. m hai salvt.

Qualunque cosa per te, bella.

"Summer, puoi lasciarmi all'*Aces*? Dato che ho un po' più di tempo, vorrei fermarmi a prendere i miei orari delle prossime due settimane. Vorrei anche parlare col capo, per vedere se posso fare degli straordinari."

"Va tutto bene? Hai bisogno di soldi?"

"Voi mi offrite sempre dei soldi," rispose Jess, brontolando scherzosamente. "No, va tutto bene. Stavo solo pensando di togliermi dalle scatole di Kason e trovare un posto tutto per me. Ho quasi risparmiato abbastanza, ma se riesco a lavorare qualche ora in più, penso che riuscirò a permettermi un posto comodo tra un paio di settimane."

Summer guardò Jess in modo strano, aveva uno sguardo perplesso, mentre camminavano. "Ma ne hai già parlato a Kason?"

"Dunque, no, ma ho intenzione di farlo."

"Penso che dovresti farlo prima di fare dei programmi o di firmare un contratto di affitto."

"Ma certo che lo farò, Summer. Non gli mancherei mai di rispetto così. Si è sempre comportato da ottimo amico nei miei confronti."

Summer continuava a guardarla in modo strano.

"Cosa c'è? Perché mi guardi così?"

"Tu cosa ne pensi di Kason?"

"Perché me lo chiedi? Lo sai che mi piace."

"Sì, ma ti *piace*, o ti piace e basta?"

"Siamo tornate a scuola, adesso?" Jess espresse il pensiero che le era venuto poco prima.

"Tu rispondi alla mia domanda, Jess." Vedendo che Jessyka rimaneva in silenzio, Summer smise di camminare e si voltò verso di lei. "Senti, di solito è Caroline che fa questi discorsi, ma sembra che stavolta toccherà a me, dato che sei andata in argomento. Jess, a Kason piaci."

"Sì sono sua amica, anche a me lui piace."

"No, non fare la gnorri. A lui tu *piaci*. Santo cielo, Jess, pensi che lascerebbe così facilmente a una qualunque di vivere così, con lui, nel suo appartamento? Lui è un tipo riservato, è uno chiuso. Non fraintendermi, è uno che si faceva tutte le avventure che voleva. Non ha mai permesso a nessuno di cucinare con lui, prima. Mai. Nessuno. Poi sei arrivata tu. Vivi con lui. Cucinate insieme. Gli mandi un messaggio per farti salvare dalle amiche pazze che ti fanno fare troppo shopping." Summer sorrise mentre pronunciava quelle ultime parole, per non farle sembrare troppo provocatorie.

Jess arrossì per l'imbarazzo, Summer aveva intuito del suo messaggio a Kason per farla uscire da quel centro commerciale.

"Quello che sto cercando di dirti è che vuole che siate più che amici. Non sappiamo cosa stia aspettando, ma credo aspetti un segno, un tuo segno, per fargli capire che anche tu lo vuoi. Se no, se non lo vuoi, trasferisciti assolutamente. Trovati un posto. Volta pagina. Ma se ti *piace*, faglielo sapere. Ti garantisco che non ti lascerà in sospeso."

"E se rovino la nostra amicizia?"

"Oh, Jess. Non succederà. Se fai il paragone con tutte noi ragazze, tu e Kason vi siete conosciuti da molto più tempo, prima di mettervi insieme... sempre *che* vi mettiate insieme. Per molte di noi si è trattato di attrazione a prima vista. Anche se ci abbiamo messo un po' per arrivarci, è stato comunque tutto molto rapido. Ma voi due vi conoscete da *sempre* rispetto a tutte noi altre. Sì, vi state conoscendo meglio solo adesso, ma avete una base che nessuna di noi aveva, perché avete vissuto insieme da amici. Ed è un'ottima cosa. Ti chiedo solo di trattarlo con delicatezza. Amiamo tutti Kason. Pensaci, va bene?"

Jess poté solo annuire. Davvero Kason era interessato a lei, non solo per un'amicizia? Cercò di ripensare all'ultimo mese. Cercò di analizzare i loro incontri, il modo in cui la toccava... Summer interruppe i suoi pensieri.

"Smetti di pensarci così tanto, Jess. Lasciati andare. Digli che gli vuoi parlare questa sera e confidagli i tuoi sentimenti, digli che ti interessa sapere se vuole anche lui portare la vostra amicizia a un altro livello. Se non vuole, te lo dirà. Allora andrai avanti coi tuoi piani e ti troverai un posto, fine della storia. Ma se vuole anche lui approfondire, non troverai mai un uomo tanto desideroso di compiacerti e di tenerti al sicuro quanto un SEAL della marina. Questo te lo posso garantire."

"Sono spaventata a morte, ma hai ragione, Summer. Grazie."

"Ci mancherebbe." Summer prese a braccetto Jess e l'accompagnò all'uscita. "Mandagli un messaggio adesso, fagli sapere che ti accompagno al bar e che può venirti a prendere tra un'ora circa."

"Ti piace comandare, proprio come al tuo uomo... lo sapevi?"

"Sì, ho un ottimo maestro. Adesso andiamocene via di qua. Telefonami o mandami un SMS nel momento stesso in cui potrai riprendere fiato."

"Sei così sicura della risposta di Kason?"

"Ah sì. Non sai proprio cosa ti aspetta." Summer rise di sottecchi, mentre accompagnava Jess alla macchina. Non vedeva l'ora di contattare le altre per dir loro che il loro piano si stava muovendo. Sperava che, al loro prossimo incontro, Jess sarebbe stata davvero una di loro.

CAPITOLO NOVE

*S*ON *PRNT* *vien a prndrm al bar*

Arrivo tra venti minuti. Stai all'interno finché arrivo.

Jessyka alzò gli occhi al cielo, leggendo il messaggio di Kason. Faceva sempre la risentita, quando le dava degli ordini, ma nel profondo non le dispiaceva. Voleva dire che lui si preoccupava per lei. Brian si era sempre infastidito, quando gli chiedeva di andarla a prendere da qualche parte, era un bel passo avanti. Le dava fastidio continuare a confrontare Kason e Brian, ma le differenze erano così nette che non poteva farne a meno.

Jess posò il telefono e appoggiò i gomiti sul bancone del bar. Era metà pomeriggio, non c'era più la folla del pranzo, era presto per la cena e per i clienti della sera. Aveva parlato col capo, lui si era detto più che disposto a farle fare qualche ora in più.

Jess immaginava che a tante non piacesse il lavoro di cameriera, a lei invece piaceva davvero. Ogni giorno era diverso, poi era molto brava. Non doveva scriversi gli ordini, teneva tutto a mente, calcolava il resto, con gli anni era riuscita a diventare una cameriera brava a piacere a tutti, gruppi o persone sole. A volte diventava amica dei clienti, altre volte limitava le interazioni al minimo, mantenendo un atteggiamento professionale. Sapeva anche fin dove spingersi con gli ammiccamenti, per non essere male interpretata come una provocatrice.

Jess era persa nei suoi pensieri, rifletteva su cosa dire a Kason quella sera, quando Brian entrò, con un gruppo di altri uomini. Non lo vedeva dalla sera in cui l'aveva picchiata a sangue, quando Tabitha era morta. Gli occhi di Brian si fissarono immediatamente su di lei. Quello sguardo fece fermare per un attimo il cuore di Jess. Brian aveva il braccio ingessato, dalle dita fino alla spalla.

Sentendosi male dalla paura, pur trovandosi in un luogo pubblico, con altre persone intorno, Jess afferrò il suo telefono e andò nel retro del locale, nell'ufficio. Bussò alla porta, il suo capo rispose.

"Posso aspettare qui che Kason venga a prendermi?"

"Ma certo, piccola. C'è qualcosa che non va?" Il signor Davis era un uomo grosso. Era stato per qualche anno in marina, Jess non sapeva bene per quanto tempo, ma dopo il congedo aveva comprato quel locale e lo gestiva da allora. Le aveva detto varie volte che pensava di andare in pensione, ma Jess ci avrebbe creduto solo vedendolo. Quell'uomo amava l'*Aces*. Era il suo cucciolo.

"Il mio ex è appena arrivato. Tutto qua."

Il suo capo si alzò, pronto a correre nel locale. Kason si era incontrato con lui e gli aveva raccontato tutto. Voleva assicurarsi che sapesse che Brian era pericoloso, che andava tenuto lontano da Jessyka a ogni costo. Lui si era trovato subito d'accordo. Il signor Davis era sì un marinaio in pensione, non era stato un SEAL, ma sembrava ancora perfettamente in grado di difendere Jess da chiunque volesse farle del male.

Jess alzò una mano in direzione del signor Davis, cercando di rassicurarlo, perché non corresse subito nel locale per cacciare Brian. "No, va tutto bene. Non ha fatto niente, solo che mi rende nervosa. Se posso anche solo aspettare qui, sono certa che andrà tutto bene."

"Nessun problema. So che adesso quei SEAL sono tuoi amici, ma sappi che se ti serve qualunque cosa, io ci sono."

"Grazie, signor Davis. Lo apprezzo davvero."

Jess attese nell'ufficio, passò il tempo giocando a solitario sul telefono, finché questo vibrò.

Eccomi

Jessyka si alzò e si mise la borsetta a tracolla. "Grazie, signor Davis. Kason è arrivato. Ci vediamo domani. Grazie ancora per avermi concesso gli straordinari."

"Ti accompagno fuori. Certo che puoi fare un po' di straordinari, Jess. Non hai davvero motivo di dubitare che te li avrei concessi. Sei la migliore cameriera che abbia mai avuto."

Jess fece cenno di no con la testa e poi sorrise. Non

era sicura fosse proprio così, ma era molto gentile da parte sua.

Jess tornò nel bar, con il capo al fianco, cercando nervosamente con lo sguardo Brian. Era seduto dall'altra parte del salone, sul lato opposto di quella che la sera diventava la pedana da ballo; la fissava. Strinse gli occhi mentre con la bocca mimava delle parole. Jess non si soffermò per scoprire cosa stesse dicendo. Camminò più veloce che poteva, senza dare l'impressione di essere disperata, fino alla porta dal bar.

Arrivati alla porta, il signor Davis gliela aprì. Jess fu sollevata, vedendo Kason in piedi, sul lato passeggero della sua auto, non troppo lontana dall'uscita. Jess salutò il suo capo e camminò stentatamente verso Kason, portando le sue gambe alla massima velocità, quando lo raggiunse lo abbracciò stretto. Voleva solo sentire le sue braccia intorno... sentirsi al sicuro.

"Ehi. Che succede?"

"Nulla, possiamo andare?"

Benny si allontanò da Jess e la tenne per gli avambracci, guardandola negli occhi. Poi guardò il suo capo, che si trovava ancora in piedi all'ingresso del locale, poi tornò a guardare Jess. C'era senza dubbio qualcosa di strano, ma un parcheggio all'aperto non era di sicuro il posto migliore per parlarne. Lei comunque sembrava star bene, non aveva segni di ferite, così Benny si sentì un po' meglio.

"Va bene, Jess, andiamo. Salta su."

Jess non perse tempo, entrò al sicuro nell'abitacolo.

Kason le chiuse la portiera e lei lo guardò girare intorno al cofano ed entrare dalla parte del conducente. Poi lui avviò la macchina e fece manovra senza dire una parola.

Jessyka non riuscì a trattenersi e si girò per guardare il locale, mentre Kason faceva manovra. Ora la porta era chiusa, nessuno era uscito, nessuno l'aveva seguita. Si lasciò sfuggire un sospiro di sollievo e si voltò di nuovo in direzione di marcia.

Solo quando Kason parlò, Jess capì che forse avrebbe dovuto fare più attenzione a come si muoveva.

"Non so che cavolo tu stia cercando, ma sarà meglio che me lo spieghi quando arriviamo a casa."

Jess lo guardò e vide che Kason stringeva i denti. I suoi pugni afferravano forte il volante, aveva il corpo teso. Oh oh.

"Sto bene, Kason. Non è successo niente."

"Ma qualcosa ti ha spaventata a morte."

Merda. Era troppo intelligente per nascondergli tutto. "Già." Jess appoggiò una mano alla coscia di Kason, lui scattò al suo tocco, prima di tornare a rilassarsi.

Nessuno dei due parlò più, Kason guidò fino all'appartamento, parcheggiò e fece il giro del veicolo per aiutare Jess ad uscire. Le mise una mano dietro la schiena e l'accompagnò, seguendola fino all'entrata. Poi aprì la porta e le fece strada all'interno. Una volta entrati, Kason gettò le sue chiavi nel cestino vicino alla porta e incrociò le braccia al petto.

"Siamo a casa. Sputa il rospo."

Jess non esitò. Mise la sua borsetta sul tavolino, vicino al cestino delle chiavi, poi si voltò verso Kason. "Brian è arrivato al locale mentre ti stavo aspettando."

"Cazzo."

"Va tutto bene, non mi ha parlato proprio."

"Allora perché eri tutta agitata, Jess?"

"Ma non esagerare."

Benny fece un passo in avanti e prese il braccio di Jess, le mise una mano dietro la testa e se la tirò al petto. Poi le passò l'altro braccio intorno alla vita finché i loro corpi non furono in contatto, dai fianchi alla testa. "Non sono esagerato." La sua voce si era un po' calmata.

"Mi ha guardata in modo strano."

Invece di reagire ridendo, Benny le chiese semplicemente: "In che modo?"

Jess respirò profondamente, inspirando il profumo di Kason. Non se ne stancava mai. Aveva il profumo del sapone che aveva usato quel mattino...odorava d'uomo. Non sapeva bene come descriverlo. Probabilmente era un misto di sudore e profumo naturale, ma per lei era un afrodisiaco istantaneo. Jess sentì che i capezzoli le si indurivano. Non era la situazione più consona, ma non sapeva che farci. Ricordandosi che le aveva fatto una domanda, infine gli rispose.

"Era arrabbiato. Si è presentato con un gruppo di altri uomini, mi ha guardata direttamente, anzi, mi ha proprio mandato un'occhiataccia. Allora sono andata nel retro, nell'ufficio del signor Davis, ti ho aspettato lì. Quando sei arrivato, ho fatto per uscire, lui ha serrato gli occhi e ha mimato qualcosa con le labbra verso di me. Non so cos'abbia detto, perché me la sono filata a gambe levate."

"Bravissima," commentò Benny sollevato. "Hai fatto bene."

Senza nemmeno alzare lo sguardo, Jess gli disse, sussurrando: "Aveva un braccio ingessato."

"Sì, lo so."

Al che, Jess lo guardò. "Lo sai?"

"Sì, sono stati i ragazzi, quando sono andati a riprendere le tue cose."

Jess rimase immobile, fissava Kason sorpresa e sgomenta. Riuscì solo a ripetere le sue parole, a pappagallo. "Sono stati i ragazzi?"

"Sì. Te l'ho detto che si è comportato da stronzo. Hanno dovuto convincerlo che facevano sul serio. Adesso almeno sa che se fa ancora lo stronzo con te, loro faranno gli stronzi con *lui*. Semplice."

Jess rimise la testa sul petto di Kason e cercò di rielaborare mentalmente quel che pensava fosse successo, con i suoi amici.

"Hai bisogno di parlarne?"

"Magari."

"Va bene, aspetta che preparo qualcosa da mangiare. Perché non ti fai un bel bagno caldo, così ti rilassi? Sarà pronto tra un'ora. Hai abbastanza tempo?"

Jess annuì, ma non si mosse, rimase tra le braccia di Kason.

A Benny piaceva sentire Jessyka tra le braccia.

Avrebbe voluto solo portarla in braccio in camera e togdlierle tutti i vestiti, per farla rilassare nel modo migliore che conosceva, ma prima doveva essere sicuro che anche lei lo volesse. Si tirò indietro e le mise una mano sulla guancia.

"Un'ora?"

"Sì, certo, Kason."

Benny non riuscì a resistere, le si avvicinò e le baciò la fronte. Poi le baciò il naso e per la prima volta da quando era venuta a vivere con lui mise le labbra su quelle di lei. Rimase in contatto leggero, senza insistere. "Vai, preparati il bagno, bella."

Benny vide che Jess si leccava le labbra, come per continuare a sentire il suo sapore. "Va bene," sussurrò lei, prima di incamminarsi.

Jess si voltò e si avviò col suo passo asimmetrico, Benny trattenne il gemito che si sentiva crescere in gola. Non scherzava, quando le aveva detto circa un mese prima che la sua andatura era sensuale da impazzire. Mentre camminava, i fianchi si muovevano avanti e indietro in modo molto seducente. Lo eccitava di più vedere la sua camminata, di quanto non lo eccitasse guardare qualunque modella in passerella. Parte dell'eccitazione proveniva dal fatto che lei non aveva la più pallida idea di quanto era sensuale. Per nulla. Non lo sapeva. Lo ignorava completamente.

Benny andò in cucina. Aveva un'ora per mettere insieme una cenetta semplice per la sua donna. Sapeva che Jess aveva troppe preoccupazioni per la testa, ma

Benny sperava che, dopo aver chiacchierato, si sarebbe sentita meglio.

Cinquanta minuti dopo, Jess arrivò dal corridoio. Indossava la stessa maglietta che aveva preso in prestito il primo giorno che era arrivata. Benny sorrise. Si era sempre rifiutata di restituirgliela, affermava che l'aveva ricevuta da lui e che non gliela voleva ridare. A Benny questo non dispiaceva affatto. Poteva rubare tutte le magliette che voleva. Lui adorava vederla con i suoi vestiti addosso, anche perché così si immaginava cosa non indossasse sotto.

Aveva i capelli bagnati. Non erano abbastanza lunghi da aver bisogno di un elastico per tenerli indietro, ma quasi. Jess gli aveva spiegato che si era abituata a tagliarsi i capelli, perché Brian glieli aveva tirati più e più volte, per attirare la sua attenzione. Kason si era tenuto dentro le parole dure di disappunto che avrebbe voluto dire, le aveva risposto solo che gli piacevano i suoi capelli, corti o lunghi che fossero, purché lei fosse contenta .

Jess era tutta rossa per il calore del bagno, Benny poteva vedere qualche goccia di sudore sulle sopracciglia. Era affascinante, Benny sapeva di non aver mai desiderato una donna quanto ora desiderava lei.

"Mettiti sul divano, mangiamo lì."

"Posso darti una mano?"

"No, grazie, ci penso io. Lascia che ti vizi un po'."

"Ma tu mi vizi sempre."

"Sì, allora lascia che continui. Siediti." Benny lo disse

col sorriso, per far sapere a Jess che la stava stuzzicando. Si rilassò, vedendo che lei sorrideva, facendo come le aveva chiesto.

Benny preparò il piatto con la cena e qualche tovagliolino. Si mise sottobraccio due bottigliette d'acqua e si diresse verso Jess.

"Santo cielo, Kason, perché non vuoi che ti aiuti? Potevo portare qualcosa."

"Ho detto che ci penso io." Benny si avvicinò abbastanza perché Jess potesse prendere le bottiglie che aveva sottobraccio. Poi si girò e mise il piatto sul tavolino, sedendosi vicino a lei. Tirò la coperta dallo schienale del divano e fece avvicinare Jess. Appoggiò la coperta sulle sue ginocchia, per non farle prendere freddo dopo il bagno.

Poi si allungò per prendere il piatto con il cibo e si sistemò di nuovo, facendo accomodare meglio anche Jess al suo fianco.

"Cos'hai preparato?"

"Delle pizzette."

"Così, dal nulla?"

"Sì."

Jess sorrise, con le parole lui diceva di sì, ma col tono di voce diceva "e allora?".

Jessyka si allungò per prendere una pizzetta e Kason l'aiutò, avvicinandole il piatto.

"Lascia. Ci penso io." Benny prese una delle pizzette fatte in casa e ci soffiò sopra, perché lei non si scottasse, assaggiandola. Ne morse un pezzo, la temperatura era accettabile, quindi l'allungò a Jess.

Lei lo guardò, incredula.

"Apri."

Quando Jess fece per alzare la mano e prendergli la pizzetta, Benny gliela portò via, allontanandola. "Apri," ripeté.

Jess aprì la bocca senza togliere gli occhi da Kason, mentre lui le infilava la pizzetta in bocca. Gliela mise tra i denti e lei la morse. Un po' di pomodoro uscì dalla pizzetta, ma prima che potesse cadere Kason lo catturò al volo con le dita. Poi si portò le dita alla bocca e le succhiò, leccando la salsa rossa che aveva appena tolto dalla bocca di lei.

Continuarono a guardarsi. Jess terminò di masticare quel primo morso, così Kason portò il resto della pizzetta vicino alle sue labbra. Lei aprì doverosamente la bocca, sentendo il pollice di Kason che le sfiorava il labbro, mentre lei chiudeva di nuovo la bocca su quella deliziosa pizzetta.

Kason continuò a imboccarla. A volte mangiava lui, a volte imboccava lei. Ogni volta, assaggiava prima lui la pizzetta, per assicurarsi che non fosse troppo bollente, prima di lasciare che la mangiasse lei.

Per Jessyka era una sensazione strana. Sapeva che avrebbe dovuto agitarsi per Brian e per quello che gli avevano fatto i SEAL, ma in quel momento proprio non ci pensava. Tra il bagno, l'abbraccio di Kason e il suo imboccarla, si sentiva come un enorme *peluche*.

Quando le pizzette furono finite, Kason si sporse verso il tavolino e vi appoggiò il piatto, ora vuoto. Poi tornò ad accomodarsi sul divano, si girò, accompagnando anche Jess nel suo movimento.

Benny prese saldamente tra le braccia Jess, mentre si girava sul divano. Si mise in modo da sdraiarsi di schiena, mentre la schiena di lei era appoggiata allo schienale. Lei era mezza sdraiata su di lui, mezza sul divano. Aveva la testa appoggiata alla spalla di lui, con un braccio sulla sua pancia. Lui aveva un braccio intorno alle spalle di lei, mentre l'altro era appoggiato alla mano che lei teneva sulla sua pancia. Lui sospirò, soddisfatto.

Benny non si era concesso il piacere di coccolare Jess da quella prima notte, quando era arrivata nel suo appartamento. Oh, lei gli si avvicinava sul divano, quando guardavano la televisione, ma non era la stessa cosa. Voleva lasciarle più spazio. Non voleva farle pressioni, costringerla a fare qualcosa per cui non si sentisse pronta. Ma la voleva. La voleva anche più di quanto non la volesse un mese prima. Benny sapeva tutte le cose importanti che doveva sapere su Jess, tranne una: quello che provava per lui.

Benny aveva trascorso l'ultimo mese fantasticando su di lei. Non bastava doversi svegliare con un'erezione, di cui doveva occuparsi prima di andare alla base, ma ogni sera che andava a letto e ce l'aveva duro, si immaginava Jess sdraiata a letto, a solo una porta di distanza da lui. Era stato costretto a lavarsi le lenzuola molto più spesso, adesso che Jessyka viveva con lui.

"Sei comoda? Non ti fa male la gamba?"

"Sto alla grande, Kason. Davvero alla grande."

Benny si tirò Jess più vicina e le baciò la fronte ancora una volta, prima di rimettersi comodo. "Ottimo. Allora, dimmi tutto."

Jess non esitò, gli espresse tutti i suoi pensieri. "Non che mi interessi di Brian, perché a questo punto proprio non mi interessa. Sono solo preoccupata dei ragazzi. Cosa succede se Brian si rivolge alla polizia? Possono mettersi nei guai? E se poi Brian decide di inseguire Caroline o una delle altre? E se..."

"Shhh, aspetta, bella, lascia che risponda a ogni tua paura, una alla volta, va bene?" Benny attese che Jess annuisse, prima di proseguire. "Prima di tutto, Brian non andrà alla polizia. Quello che ti ha fatto è già stato denunciato. Ti ricordi che ti hanno scattato delle fotografie, all'ospedale? Brian sa che sarebbe la sua parola contro quella dei SEAL. Chi pensi prevarrebbe in questa battaglia?" Andò avanti senza aspettare che lei rispondesse.

"Wolf ha parlato al nostro comandante di quel che è successo, in pratica lo ha messo all'erta. Ovviamente non gli ha raccontato tutti i minimi dettagli, ma ne sa abbastanza, quindi se qualcuno lo dovesse contattare in via ufficiale, saprà come difendere la squadra. E poi, Brian non potrebbe mai in alcun modo cominciare a perseguitare una delle nostre donne. Sa benissimo di essere in svantaggio numerico e anche in posizione di debolezza. Tra l'altro, sono tutte controllate 24 ore su 24."

"Che vuoi dire?"

Benny sospirò. Non sapeva proprio come l'avrebbe presa Jess. Doveva per forza raccontarle tutti i retroscena. "Quanto sai della storia delle ragazze?"

Jess guardò Kason. Aveva un tono molto serio. "La conosco un po', ovviamente non è abbastanza, a giudicare dal modo in cui mi guardi."

Benny mise la mano sulla testa di Jess, incoraggiandola ad appoggiarsi di nuovo. "Wolf ha incontrato Caroline su un aereo che è stato dirottato. Sono sopravvissuti, ma i terroristi l'hanno cercata e l'hanno rapita. Alabama era scappata da Abe perché lui si era comportato da deficiente, facendola star male. Sono passate delle settimane prima che riuscissimo a trovarla. Si era messa a vivere per la strada. Cookie ha incontrato Fiona quando era in missione in Messico per salvare un'altra donna che era stata rapita da alcuni trafficanti di donne. Era rimasta prigioniera per circa tre mesi, poi l'abbiamo trovata, nessuno sapeva dove fosse, non importava a nessuno. Summer è stata rapita da un criminale che aveva catturato, torturato e ucciso la sorellina di Mozart, quando lui andava ancora alle scuole superiori. Cheyenne è stata vittima di attentatori, che le hanno legato al petto una bomba... Due volte. Alla fine, sai cosa è successo a Cheyenne, Summer e Alabama quando sono state portate via dal locale, non tanto tempo fa."

Benny respirò profondamente. Ora arrivava la parte più difficile. "I ragazzi si sono trovati e hanno deciso che queste stronzate non dovevano più succedere. Abbiamo un amico che vive in Virginia... Si chiama Tex. Anche lui era un SEAL, ma è stato ferito, adesso si occupa di informatica da est. Può trovare chiunque. Lo abbiamo letteralmente sfruttato per salvare la vita di ciascuna delle donne della squadra. Delle volte va oltre la legge e noi facciamo finta di non saperlo, ha dei contatti in ogni reparto militare, probabilmente in ogni stato. A noi non interessa se fa qualcosa di illecito, perché è sempre efficace e ci ha salvato moltissime volte. Lui controlla le ragazze. Sono sempre monitorate. Ogni giorno, in ogni spostamento."

"Ma, Kason..."

"Aspetta, non è tutto. Lascia che finisca, poi risponderò a tutte le tue domande." Benny attese un cenno di consenso da parte di Jess, poi proseguì. "Loro lo sanno, sono d'accordo. Hanno tutte avuto dei problemi legati a quanto è successo. Stanno meglio, sapendo che i loro compagni le possono sempre raggiungere, qualora succeda qualcosa, non si sa mai. Il nostro lavoro è pericoloso. L'ultima cosa che vogliamo è che qualche stronzo che catturiamo, feriamo, sconfiggiamo, o che altro, possa farsi vivo cercando di vendicarsi su una delle nostre donne. Così monitoriamo le loro scarpe, le loro borse, alcuni dei loro vestiti. Hanno anche vari gioielli con dei dispositivi di tracciamento. Jess, se non altro, ricordati questo: le ragazze lo sanno e sono d'accordo.

Non si tratta di inganno, di eccessivo controllo, anche se può sembrare così, lo ammetto. Ma non è così.

"Così anche se Brian non sa nulla di tutto ciò, i ragazzi sono stati chiari, se *pensa* anche solo lontanamente di ritorcersi su una delle nostre donne, la pagherà. E il modo in cui la pagherà non dipende assolutamente da noi. Tex conosce delle persone. So per certo che conosce bene una squadra di forze speciali, tanto quanto conosce noi. Il pagamento potrebbe avvenire senza coinvolgere noi in alcun modo."

"Sembra un affare di mafia o qualcosa del genere, Kason. Non mi piace."

"Lo so, Jess, e mi dispiace. Ma è così che stanno le cose. Siamo una famiglia, sì, forse una specie di famiglia mafiosa, in un certo senso, però non andiamo in giro a far del male agli altri, a intimidire. Anzi, penso che questa sia l'unica occasione in cui i ragazzi hanno accettato le ripetute offerte di Tex, che voleva essere coinvolto."

Benny lasciò che le sue parole venissero assorbite. Il silenzio durò almeno per cinque minuti, che però passarono comodamente.

Poi Jess parlò: "Pensi davvero che sarò al sicuro? Non verrà a cercarmi?"

"Penso davvero che sarai al sicuro. Se non lo pensassi, te lo direi. Te lo direi per farti stare più attenta, più all'erta. Non te lo potrei mai nascondere."

"Tu mi stai monitorando?"

Finalmente. Era la domanda che Benny si aspettava

dal momento stesso in cui aveva parlato del monitoraggio delle altre donne. "No."

"Perché no?"

Quella non era la reazione che si aspettava. "Ti ho detto che le altre sanno dei dispositivi, non potrei mai fare lo stesso con te, senza il tuo consenso."

Senza guardarlo direttamente, Jess disse con voce rotta: "Penso che mi sentirei più al sicuro."

"Allora li organizzo anche per te." Benny accettò senza esitare.

"Ma Kason, per me è diverso. Io sono solo..." Jess fece una pausa, cercando di trovare il modo migliore per esprimere i suoi pensieri, ricordandosi anche quello che le aveva detto Summer, quel pomeriggio. "I e te non stiamo *insieme*. Sono solo tua amica, non è la stessa cosa."

Benny scivolò da sotto Jessyka e la spostò, finché lei non fu sdraiata di schiena sul divano, mentre lui la sovrastava. Teneva un gomito vicino alla testa di lei, mentre appoggiava l'altra mano al lato del suo collo.

"Posso essere onesto con te, adesso, Jess? Stasera sono stato molto onesto. Sei disposta a saperne di più?"

"Da te? Certo."

Benny non esitò, pur senza prevaricare. "Io ti voglio. Sì, sei mia amica, ma voglio di più. Voglio essere anche il tuo amante. Voglio che tu dorma nel mio letto. Voglio vederti sdraiata sulle mie lenzuola, voglio vedere che mi desideri. Voglio vederti la mattina che ti fai la doccia, mentre io mi rado. Ti stai già occupando delle mie lavatrici, cucini per me quando non sono a casa e non posso arrangiarmi. Ci comportiamo già come una coppia, ci manca solo l'intimità. Volevo lasciarti più spazio. Volevo che tu fossi sicura. Io ormai sono già sicuro da un pezzo. Ti voglio nel mio letto già dalla settimana successiva a quando ti sei trasferita."

"È questo quello che vuoi, Kason? Perché non credo che potrei gestire una relazione solo sul piano sessuale, con te, sono troppo coinvolta sentimentalmente."

"No, diamine, non è questo che intendevo. Se volessi solo sfogarmi, potrei farlo tutti i giorni. Io voglio *te*, Jess. Non hai idea di quanto intensamente ti desideri, tutta. Voglio essere libero di prenderti per mano dove e quando voglio. Voglio farti sedere sulle mie ginocchia e abbracciarti, quando mi vieni vicino all'*Aces*. Voglio che tu sia mia, che tutti lo sappiano, così nessuno potrà mai più guardarti mentre vai in giro con la tua andatura così sensuale. Voglio che tutti sappiano che sei mia. Questo lo puoi gestire?"

"Sì, penso di sì," rispose Jess sorridendo, più felice di quanto non fosse da tantissimo tempo.

Si guardarono negli occhi, respirando profondamente.

"Ci siamo appena detti che 'stiamo insieme'?"

Benny rise. "Non sentivo questa espressione dalla prima superiore. No, non ci siamo detti che 'stiamo insieme'. Ci siamo detti che sei mia. Hai accettato che mi prenda cura di te, che ti tenga al sicuro. Hai accettato di dormire nel mio letto, di fare la doccia nel mio bagno quando ci sono anch'io, di lasciare che le mie mani e le mie labbra si possano posare su di te dove e quando voglio."

"Ah..."

"Adesso ti bacio, Jess, e non ho intenzione di fermarmi se non quando saremo entrambi tanto sfiniti da sembrare in coma, nel mio letto."

Benny attese che lei accettasse. Non avrebbe mai fatto nulla del genere, se lei non avesse acconsentito..

"Santo cielo, ti prego, Kason. Sarà un'eternità che aspetto di sentire le tue labbra sulle mie."

Benny abbassò la testa per prendere ciò che finalmente era suo.

<hr>

CAPITOLO DIECI

<hr>

BENNY NON APPROCCIÒ il suo bacio lentamente, fiondò le labbra su quelle di Jessyka e sentì la pelle d'oca sulle braccia, quando lei apre subito la bocca per lui. Jess non ci girò attorno, non esitò, prese tutto ciò che lui le offriva.

Benny affondò la lingua nella sua bocca e l'assaggiò di buon grado. Non si era mai eccitato così tanto solo con un bacio, prima. Se non avesse aspettato così tanto prima di baciarla, prima di arrivare a quel punto, avrebbe anche potuto passare tutta la notte semplicemente baciandola. Ma ormai era troppo impaziente. Aveva bisogno di vederla, tutta. Sentiva il bisogno di portare Jess nel suo territorio, nel suo letto.

Interruppe il bacio e si tirò su. Poteva sentire la sua forte erezione spingere tra le gambe di Jess. Sorrise e gemette, sentendo che lei spingeva i fianchi contro di lui.

"Sei così tremendamente sensuale, sei tutta mia. Andiamo, devo vederti nel mio letto." Non gli sembrava troppo presto, nell'ultimo mese si erano conosciuti molto bene, gli sembrava la cosa giusta da fare, ora che si erano chiariti, era il momento di fare il passo successivo.

Benny fece leva per alzarsi dal divano, poi porse una mano a Jess. Lei non esitò, prese immediatamente quella mano, permettendogli di tirarla su dal divano; la coperta cadde per terra, senza che nessuno dei due la notasse.

"Cammina davanti a me, Jess. Voglio vedere i tuoi fianchi ancheggiare, sapendo che presto saranno tutti per me. Non hai la minima idea di quanto voglia vedere quei fianchi e quel sedere sulle mie lenzuola."

Jess arrossì, ma fece come le chiedeva Kason. Sentendosi particolarmente spudorata, accentuò la sua andatura, mentre entrava nel corridoio, sorridendo al suono del gemito di Kason. Era divertente provocarlo, specialmente adesso che sapeva che quella provocazione sarebbe terminata con tutta soddisfazione, almeno così lei sperava.

Entrò nella sua camera, respirando profondamente. Riuscì a sentire il suo profumo. Una volta entrata, si voltò davanti a Kason.

Lui si stava tirando la camicia sulla testa. "Togliti la maglia, bella. Lascia che ti guardi."

Senza pensarci due volte, Jess cominciò a sbottonare la sua maglietta.

Benny le si avvicinò e le tolse le mani dalla maglietta. "Troppo lenta, alza le braccia."

Jess sorrise all'impazienza che pervadeva la sua voce. Ben presto, la bocca di Kason fu sul collo di Jess. "Ho visto come hai reagito alle parole di Dude, diverse settimane fa, sui segni sul collo di una donna. Devo vedere il *mio* segno su di te. Voglio che lo vedano tutti."

Jess non si era mai divertita così tanto nei preliminari, prima di fare l'amore. "Beh, dato che ci stiamo 'mettendo insieme', immagino sia d'obbligo un bel succhiotto."

Sentì le labbra di Kason che si aprivano in un sorriso, prima di gemere, lasciando cadere la testa. Lui succhiò forte sul collo di Jess, che sentì prima il morso leggero dei suoi denti, poi la lingua che passava sulla sua pelle per massaggiarla. L'altra mano di Kason era impegnata sui seni di lei. Non le aveva ancora tolto il reggiseno, giocava con le dita sopra e sotto la coppa, per farle diventare duro il capezzolo.

"Santo cielo, Kason. Sì, così. Che bello."

Senza toglierle la mano dal seno, Benny fece scorrere l'altra mano sul fianco di Jessyka. Poi alzò la testa abbastanza a lungo per mormorare, con voce soddisfatta: "Pelle d'oca." Poi tornò sul suo collo.

Tenne le labbra su di lei, accompagnandola all'indietro finché non arrivò con le gambe al materasso del letto. Benny continuò a spingere finché Jess fu costretta a sedersi. Finalmente, rialzò la testa per guardarla negli occhi, portando entrambe le mani ai suoi seni. Giocò, stuzzicò, portò le dita sotto al reggiseno, sui suoi capezzoli, prima di tornare indietro e passare le mani sulle coppe del reggiseno.

Jess alzò le mani e le portò sul corpo di lui, le muoveva in alto e in basso mentre lui la accarezzava. Il petto di Kason era fantastico. Sodo e tonico. Non aveva un grammo di grasso in eccesso, almeno non dove Jess potesse vederlo. Non si trattenne, portò le dita ai capezzoli di lui, pizzicandoli.

Benny gemette e prese i polsi di Jess. "Oh no, se continui così finiremo prima ancora di cominciare."

Jess brontolò scherzosamente. "Ma anch'io voglio giocare."

"Oh, avrai tutto il tempo di giocare, non preoccuparti, ma prima tocca a me. Voi donne siete troppo fortunate, potete venire tante volte, mentre noi poveracci ci dobbiamo accontentare di una alla volta."

"Tante volte?" domandò Jess, sbalordita.

"Oh cavolo. Ma davvero? Non lo sapevi già? Cazzo, quanto ci divertiremo. Togliti il reggiseno e sdraiati."

Jess si limitò a guardare Kason che si allontanava di un passo. Sentì subito la sua distanza. Si portò le mani subito dietro la schiena per slacciarsi il reggiseno. Lo lasciò cadere sul pavimento e si tirò più indietro, sul letto, sdraiandosi come le aveva chiesto Kason.

"Chiudi gli occhi, lasciati andare."

Jess chiuse subito gli occhi. A quel punto, sapeva che

avrebbe fatto qualunque cosa Kason le chiedesse, lo sapevano entrambi.

Jess sentì le mani di Kason sui fianchi. Le slacciò il bottone dei jeans, poi si sentì la cerniera che si apriva. Invece di strapparglieli via, lui le sfiorò con le dita la pancia all'altezza della cintura.

"Ho passato settimane intere pensando a come fossi, quaggiù. Ti depili? Completamente? O ti tieni curata con un po' di pelo? Magari non fai nulla e ti tieni libera, al naturale, com'è la tua personalità. Posso cercare di indovinare, bella?"

Quando Jess aprì la bocca per rispondere a quella domanda retorica, sentì che col dito le chiudeva la bocca. "No, non dirmelo. Voglio scoprirlo da solo."

Infine, Kason le sfilò I jeans. Era quasi interamente nuda, le erano rimaste solo le mutandine nere di cotone. Jess aveva il respiro affannato. Era prontissima.

"Apri gli occhi, guardami."

Jess aprì gli occhi di scatto e incontrò lo sguardo di Kason. "Affascinante. Sei affascinante sulle mie lenzuola, nel mio letto." Quelle parole le fecero indurire di più i capezzoli. Lui fece scorrere gli occhi su tutto il suo corpo, poi tornò a guardarla negli occhi.

"Dopo averlo fatto, non ti lascerò più andare, Jess, stanne pur certa."

"Ne sono certa." Lei rispose immediatamente, con forza. "Dopo averlo fatto, anche tu sarai mio. Funziona per entrambi."

"Ma certo, è così. Sono tuo e tu sei mia. Cazzo, che bello."

Jess sorrise. Il linguaggio di Kason diventava sempre più scurrile e lei si eccitava per questo.

Prolungando l'attesa di scoprire com'era, sotto le mutandine, Benny si abbassò per assaggiarle per la prima volta i capezzoli. Jess non era una superdotata, era della misura perfetta. Benny non conosceva le taglie dei reggiseni, riusciva a tenere i seni di Jess nel palmo della mano. Le strinse i seni e poi portò indice e pollice di entrambe le mani sui suoi capezzoli. "Ti piace provocare, Jess?"

Jessyka inarcò la schiena. Santo cielo, le piaceva così tanto quello che faceva con le dita. Si muoveva senza freni sotto di lui. "Sì, Kason, ti prego!"

"Ti prego cosa, bella?"

"Non lo so!" Jess lo guardò, vide Kason con un ampio sorriso in volto.

"Oh sì, ci divertiremo un sacco."

Benny le tolse le mani di dosso e si mise in ginocchio davanti a lei. Poi andò con le mani alla cintura dei propri jeans e a fatica si abbassò la cerniera. Appena la zip scese sotto a un certo punto, la punta del suo uccello si affacciò dal buco dei suoi boxer.

Jess non trattenne una risata.

Benny sorrise. Non aveva mai riso prima di fare sesso, in passato. Tutto sembrava così nuovo, con Jess.

"Sembra tutto eccitato e pronto a saltar fuori per divertirsi."

"Oh, è eccitato al punto giusto, ma per ora dovrà aspettare. Prima devo fare qualcos'altro."

"Qualcos'altro?"

"Qualcos'altro," confermò lui, sempre sorridendo.

Jess vide che Kason si abbassava di lato per sfilarsi i jeans, una gamba dopo l'altra. Poi lo vide abbassarsi sul letto fino ad avere la faccia proprio sopra le sue mutandine, ora bagnate. Kason passò l'indice sulla mutandina, giù al centro, poi di nuovo su.

"Fradicie."

Jess gemette. "Sì... ti prego."

"Per me."

"Sì, Kason. Per te."

"Mi piace."

Jess non rispose più, sapendo che stava solo giocando con lei. Invece, piegò le ginocchia e aprì le gambe.

"Oh sì. Posso sentire l'odore di quanto mi desideri. Lo vuoi anche tu, vero Jess?"

"Svegliati, Kason. Ma certo. Puoi procedere, per favore? Che qua non resisto più."

Quelle parole sembrarono spingere Kason al limite, perché si allungò verso il comodino per prendere un coltellino. Lo aprì e guardò Jess.

Lei non si era mossa minimamente, aveva solo alzato I fianchi, mormorando: "Oh cazzo, sì."

Benny sorrise. "Non sei preoccupata per quello che voglio farci?"

"Sarà meglio che mi tagli via le mutandine per andarmela a leccare, se ti vuoi divertire."

Benny rise. Jess era perfetta all'ennesima potenza. Era un suo aspetto che aveva percepito, si nascondeva sotto la sua facciata così abbattuta. Brian l'aveva piegata, ma non l'aveva spezzata. "Non muoverti." Le mise una mano sullo stomaco, facendo pressione, per evitare che scattasse o si muovesse senza volere. Benny non voleva che si tagliasse per sbaglio, voleva solo tagliare l'elastico delle mutandine che indossava. Mise la lama su un lato dell'indumento, all'altezza dei fianchi, tirando verso l'alto. Non servì troppa pressione, anche perché Benny, da bravo SEAL, teneva la lama del suo coltellino affilata come quella di un rasoio. Passò all'altro fianco per tagliarlo nello stesso modo. Chiuse il coltellino e lo lanciò verso il comodino. Atterrò rumorosamente, fermandosi contro il muro.

Sapendo che ora nulla lo poteva fermare, Benny tirò giù lentamente la parte anteriore delle mutandine di Jess, sospirando per l'apprezzamento. Non era completamente depilata, era ben curata. Aveva tolto il pelo intorno alle labbra del suo sesso, ma aveva lasciato un cespuglietto di peli sopra. Lui ci passò le dita. "Ma che cazzo," sospirò, prima di abbassare la testa.

Jessyka era stata un po' nervosa, non sapendo cosa aspettarsi da lui, riguardo alle sue scelte, ma dimenticò presto ogni preoccupazione, dimenticò quasi anche il suo stesso nome. Kason aveva ragione, le donne *pote-*

vano venire più di una volta, bastava avere un uomo che sapesse cosa fare.

E Kason sapeva *senz'altro* cosa stava facendo. Andò avanti finché lei non lo pregò di smettere, poi alzò la testa e si passò una mano sulla bocca. "Santo cielo, che buon sapore. Te lo dico, Jess, potrei andare avanti tutta la notte."

Jessyka reagì con un sorriso debole. Aveva avuto solo un uomo prima di Kason, Brian certamente non era minimamente allo stesso livello. "Ora tocca a te, Kason."

"No, tocca a *noi*."

Kason scivolò via dal letto e si alzò, per togliersi i boxer. Aveva l'uccello durissimo, tutto teso verso l'alto. A Jessyka sembrava quasi sofferente. Lui aprì il cassetto del comodino vicino al letto e tirò fuori una scatola di preservativi nuova di zecca. La aprì rapidamente e ne prese uno, indossandolo. Poi gattonò sul letto fino a trovarsi sopra Jess.

"Sei pronta per me?"

"Penso di essere pronta da sempre."

A quelle parole, Jess vide la faccia di Kason ammorbidirsi, mentre si abbassava per baciarla. Sentì che entrava in lei nello stesso momento. Si mosse lentamente, forse sapendo che per lei era passato molto tempo. Quando fu completamente dentro, sospirò e si tirò indietro abbastanza per poterla guardare in faccia.

Jess vide lo sforzo nel suo viso. Si stava trattenendo.

Non le piaceva. "Lasciati andare, Kason. Posso prenderti. Mica mi rompo."

"È passato un po' di tempo, per te, bella, non voglio farti del male."

"Non mi farai del male. Diamine, Kason, mi hai preparato così bene, ho già avuto due orgasmi, sono fradicia. Posso prenderti tutto. Lasciati andare. Fammi tua."

"Tu *sei* mia, cazzo." Fu come se quelle parole liberassero qualcosa in lui. Si fece indietro e poi affondò in lei. Jess sentì i suoi testicoli sbattere contro il suo corpo, mentre lui si muoveva. Gli mise le braccia intorno alla vita, affondando le unghie nelle sue natiche.

"Sì, Kason. Ancora. Fallo di nuovo."

Lui lo fece ancora, poi ancora. Kason inarcò la schiena e i suoi fianchi andarono a sbattere contro di lei. Jess si alzò per attaccarsi ai suoi pettorali, proprio vicino ai capezzoli. Succhiò più forte che poté, mordicchiando coi denti mentre succhiava. Se Kason poteva lasciarle un segno perché era sua, anche Jess poteva fare lo stesso.

Quando fu soddisfatta del segno che aveva lasciato, si lasciò andare all'indietro e guardò in su. Kason le stava sorridendo, ovviamente l'aveva guardata, mentre gli lasciava un segno. "Sei contenta?"

"Eh sì, sei mio."

"Tuo. Cazzo, Jess. Tuo."

Benny non si era mai sentito così legato a un'altra persona in tutta la vita. Pensava che il legame con gli altri compagni SEAL fosse forte, ma non era nulla rispetto a quello. Guardare il segno che gli aveva lasciato sulla pelle era sensuale da impazzire. Avrebbe tanto voluto entrare tutto in Jessyka, per non uscirne mai più. Con quel pensiero, il cuore di Benny accelerò e l'immagine della sua eiaculazione sulla pelle di lei gli invase la mente.

"Voglio fare qualcosa."

"Sì, tutto quello che vuoi."

Benny sorrise. Jess non sapeva nemmeno cosa volesse, ma aveva accettato comunque.

"Voglio ricoprirti col mio sperma. Voglio macchiarti."

"Sì, Kason, santo cielo, certo. Mi fai impazzire."

"Ancora uno, bella, un'altra volta, poi toccherà a me." Benny si tirò su e allungò una mano tra le loro gambe, per massaggiare il clitoride di Jess. Continuò a spingere, sfregando allo stesso tempo il suo punto più sensibile. Benny sentì i muscoli interni di Jess che si stringevano e palpitavano intorno al suo uccello, mentre si avvicinava sempre più all'orgasmo.

"Ecco, Jess, dai. Sfogati. Fammi sentire."

Jess lasciò andare all'indietro la testa, affondando le unghie nei bicipiti di Kason. "Oh, sì, Dio, che bello. Vengo..."

Benny sentì il momento esatto in cui Jess venne, i suoi muscoli interni cominciarono a contrarsi, stringendolo, mentre continuava a spingere dentro e fuori, durante tutto il suo orgasmo. Nel momento in cui Jess smise di tremare, Benny lo tirò fuori e si tolse il profilattico. Non avrebbe in alcun modo potuto trattenersi oltre. "Guardami, Jess. Guarda cosa mi fai."

Jessyka aprì gli occhi e lo guardò. Non aveva mai visto nulla di più erotico in tutta la vita. Kason la stava ancora massaggiando, ma si masturbava allo stesso tempo, puntando l'uccello verso la sua pancia. Lei allungò una mano, voleva sentire la sua erezione con la mano, ma fu troppo tardi. Lui lasciò andare la testa all'indietro e scoppiò. Jess lo guardò affascinata, mentre Kason continuava a schizzare a impulsi, in tutto il suo orgasmo. Jess si mise una mano sullo stomaco e sparse il suo sperma sulla sua pelle, mentre lui continuava a svuotarsi su di lei.

Benny infine riaprì gli occhi, dopo quello che gli era sembrato l'orgasmo più potente di sempre, vide Jess che passava entrambe le mani sul suo sperma, cospargendolo su tutta la pancia. Quando lei si accorse che la guardava, allungò una mano per accarezzargli il membro, che stava diventando più morbido, spremendo fuori l'ultima goccia del suo fluido.

"Santo cielo, è stato bello da impazzire," gli disse, senza alcuna traccia di finzione in volto o nella voce. "Mi piace guardarti, mi piace sentirti su di me."

Benny le mise una mano in faccia. "Assaggiami." Non sarebbe riuscito a trattenere quel desiderio, nemmeno volendo. Ma Jess era Jess, e non esitò. Prese il suo polso con una mano e gli guidò il pollice nella sua bocca. Benny sentì la mano di Jess umida, del suo seme, mentre gli teneva il polso. Lei gli leccò e gli succhiò dal dito tutto lo sperma, poi gli mordicchiò il polpastrello del pollice, prima di lasciarlo andare.

Benny si lasciò cadere gentilmente su di lei. Poteva sentirla ancora bagnata tra le gambe, mentre lei alzava una gamba per portargliela intorno ai fianchi. Benny sentiva anche il suo seme tra di loro, sulla pancia di lei, sentiva la sua mano bagnata che scorreva sulla sua schiena, giù fino al suo sedere.

Rise. "Abbiamo proprio bisogno di una doccia."

"Mi piace stare così, con te. È tutto vero. Intenso, al naturale. Non sono mai stata così. I miei rapporti erano tutti delicati, puliti."

"Non voglio sentirmi dire nulla di com'era in passato," la avvertì Benny, senza rialzare la testa.

"Volevo solo dire che per me è importante. Mi piace. Siamo affiatati. Alcuni pensano che sia un po' strano, io lo trovo naturale, vero. Possiamo rimanere qui un po' di più?"

"Ma certo. Però non lamentarti se poi sei tutta appiccicosa e a disagio."

Jess rise. "Va bene. Non mi lamenterò. Te lo prometto."

Più tardi, molto più tardi, quella stessa notte, dopo una doccia con tanto di orgasmo ripetuto per entrambi, Benny ripensò a come era arrivato a quel punto della sua vita. Era felice per la prima volta. Davvero felice. Forse non sapeva come ci era arrivato, ma sapeva di non voler mai più cambiare.

CAPITOLO UNDICI

Jessyka guardò Fiona, mentre accostavano davanti alla casa di Caroline e Wolf. Non si sentiva sicura. Le piacevano tutte le altre, ma un pigiama party andava un po' troppo oltre le sue abitudini.

"Forse dovresti riportarmi a casa, Fiona."

"Ma va là. È una tradizione. Ogni volta che i ragazzi vengono mandati in missione, noi ci troviamo per bere insieme, per piangere, per preoccuparci insieme per loro, poi tiriamo avanti finché non tornano. Adesso che sei una di noi, ne fai parte anche tu."

L'idea di "essere una di loro" sembrava ancora così surreale a Jessyka. Era bastato poco ai ragazzi e alle loro donne per capire che il rapporto tra lei e Kason era cambiato. Diamine, avevano visto il succhiotto sul suo petto alla prima esercitazione e avevano capito al volo. Lo stesso valeva per le altre donne, che avevano subito notato il segno non troppo leggero che lui le aveva lasciato sul collo.

Jess era arrossita, ma Summer l'aveva stretta in un abbraccio forte e le aveva confermato: "Te l'avevo detto."

La settimana dopo che Jess e Kason avevano consolidato il loro nuovo rapporto, la squadra era stata convocata per andare in missione. Non si sapeva quando sarebbero tornati né dove sarebbero andati. Era l'aspetto più difficile di una relazione con un SEAL. Venivano chiamati all'ultimo minuto, non potevano dire nulla di dove andavano, né sapevano quando sarebbero tornati.

Jess aveva pianto un poco, ma Kason l'aveva tenuta stretta dicendole di fidarsi di lui. Le aveva detto che sapeva quello che faceva, come anche gli altri suoi compagni della squadra. Sarebbero tornati il prima possibile.

Ora lei era lì, pronta per un pigiama party in piena regola. Il signor Davis le aveva dato un permesso dal lavoro, quella sera non doveva andare all'*Aces* e sarebbe rimasta lì, probabilmente fino al mattino dopo.

"Ciao ragazze! Finalmente siete arrivate!" Caroline era in piedi sull'uscio, gesticolava freneticamente.

"Sembra che abbiano cominciato senza di noi," disse Fiona ridendo, mentre tirava fuori delle borse dal baule dell'auto.

E in effetti *avevano* cominciato senza di loro. Una volta entrate, si accorsero che Caroline e Alabama erano già più che brille, mentre Summer e Cheyenne le seguivano a ruota.

"Siamo così contente che tu sia qui con noi, Jess! Davvero! Lo *sapevamo* che Kason avrebbe trovato quella giusta, ma non avevamo idea che saresti stata *tu*! Che bello!"

Jess poté solo sorridere.

"Qui! Devi recuperare! Prova questo! L'abbiamo appena inventato stasera!" Alabama le porse un bicchiere pieno di qualcosa che sembrava latte. "So che sembra strano, ma provalo comunque!"

Jessyka bevve un sorso, quasi temendone il sapore, ma poi alzò lo sguardo sorpresa.

"Ah! Te l'avevo detto che era buono! Sembra il latte rimasto dopo che ti sei mangiata una tazza piena di cereali alla cannella, vero?"

"Oh santo cielo! Ha *esattamente* lo stesso sapore! Che cos'è?" Jess stentava a credere quanto fosse buono il drink che aveva appena assaggiato. A lei non piaceva troppo il sapore dei superalcolici, ma in quello che aveva appena bevuto l'alcol si sentiva pochissimo.

"C'è della RumChata[1] con della vodka alla vaniglia."

"Rum Cha cosa?"

"Non fate troppe domande, bevete e basta!"

E così fecero. Dopo un po', la loro festa si spostò nella taverna, si stravaccarono sul letto, sul pavimento e su una poltroncina imbottita nell'angolo della camera.

Jessyka sentiva la camera girarle intorno lentamente, le sembrava di galleggiare, tutto sommato stava bene.

"Non mi piace quando i ragazzi sono via," disse Cheyenne in un momento in cui la conversazione si era diradata.

"Non piace a nessuna, ma almeno ci sosteniamo a vicenda, così è più facile," disse Caroline con tono sereno.

"Come fa a diventare più facile? Sono in missione con qualcuno che spara, o magari anche peggio," brontolò Cheyenne.

"Perché sono molto bravi nel loro lavoro. Perché torneranno a casa. Perché siamo belle toste anche noi, donne di SEAL della marina, dobbiamo saper sostenere questo stress," fu la risposta di Alabama.

Facendo una domanda che non avrebbe mai fatto, se non avesse bevuto per tre ore di fila, Jess intervenne. "Ma non siete nervose, senza di loro? Cioè, non avete paura?"

Senza girarci troppo attorno, Fiona le chiese un chiarimento. "Vuoi dire paura che qualcuno ci possa rapire di nuovo?"

"Beh, sì. O far del male, derubarvi, cose così."

"No. C'è Tex," disse Fiona molto terra terra.

"Tex. Kason mi ha detto qualcosa su Tex," disse Jess distrattamente.

"Vuoi dire che non ti ha salvato nel cellulare il suo numero?" chiese Summer sbalordita.

"No, non credo," rispose Jess onestamente.

Fiona non aggiunse altro, tirò fuori il suo cellulare dalla tasca e premette alcuni pulsanti. Ben presto si sentì il telefono squillare dall'altoparlante del vivavoce.

"Ciao, Fiona, che c'è?"

"Tex!"

"Sì, indovinato. Mi hai chiamato. Che ti serve?"

"Kason non ha ancora salvato il tuo numero nel telefono di Jess," disse Fiona, quasi come fosse stato un crimine.

"Sì, se è per quello non ha ancora programmato i dispositivi di tracciamento," rispose Tex con calma.

"Ma stai scherzando?"

Tutti gli occhi delle donne presenti si rivolsero a Jess. Lei vide che tutte le altre la stavano fissando e alzò in alto le braccia come a dire "non è colpa mia".

"Ma è impossibile!" esclamò Fiona senza rivolgersi a nessuno in particolare. Poi le sovvenne che Tex era ancora in linea, si abbassò e disse fin troppo forte nel microfono: "Tex!"

"Ma quanto avete bevuto stasera?"

"Che importa, ascolta, Tex. Devi mettere quegli aggeggi su Jess!"

"Lo farò, appena Benny mi dice che gliene ha parlato."

Jess pensò che fosse il momento giusto per intervenire, evitando così un conflitto atomico. "Sono al corrente di quegli aggeggi di tracciamento. Kason me ne ha parlato."

Cinque paia di occhi la squadrarono, mentre Jess deglutiva a fatica.

"Allora?" chiese Cheyenne.

"Allora cosa?" replicò Jess, non capendo esattamente cosa si aspettassero da lei.

"Hai intenzione di fare la supponente e disapprovare o che?" il tono di voce di Alabama era diventato un po' polemico, Jess si mise subito sulla difensiva.

Dimenticando che Tex era ancora in linea e che ascoltava, Jess disse alle altre esattamente quello che pensava. "Non disapprovo. Cavolo, sapendo tutto ciò che avete passato voi ragazze, mi meraviglia che siate tornate in perfetta forma, rientrando normalmente in società. Se avessi passato io le vostre esperienze, probabilmente me ne starei tutto il giorno in posizione fetale sul pavimento a piangere e gemere e non vorrei vedere mai più altre persone. Immagino che parte del motivo per cui siete così fantastiche siano i vostri uomini. Allora sapete che c'è, al vostro posto, anch'io vorrei farmi impiantare un dispositivo GPS sotto la pelle, come i cani che hanno il microchip. Sapere di avere un uomo che farebbe di tutto per proteggerti, tanto da arrivare al punto di voler sapere dove sei in ogni momento, per essere sicuro che stai bene? Certo che sì, lo voglio anch'io. Ma io non sono nelle vostre condizioni. Non mi hanno portata via dal letto di notte. Non sono stata rapita da qualcuno di truce che mi voleva fare chissà cosa. Sono solo me stessa. E poi Kason non me l'ha chiesto. Mi ha parlato di voi, ragazze, ma non mi ha detto di volermi mettere addosso uno di quegli aggeggi traccianti. Tutto qua."

Era una conclusione poco ad effetto per il suo discorso, così appassionato, ma Jess si era spenta rapidamente, dopo aver sputato fuori la verità. La verità era che non si era più tolta dalla testa quanto le aveva detto Kason, che le altre donne erano monitorate. Lui non ne aveva più parlato, lei non sapeva se era perché non la voleva altrettanto intensamente, o perché era convinto che lei disapprovasse, o per che altro motivo.

"Jessyka, sali in casa a prendere la tua borsetta."

Jess si girò confusa verso il telefono. "Eh?"

"Sali in casa a prendere la tua borsetta. Poi riportala in taverna. Noi ti aspettiamo," ripeté Tex, dandole istruzioni come se stesse parlando con una bambina.

"Vado io a prenderla!" urlò Cheyenne, saltando su in piedi e correndo su per le scale come se avesse avuto otto anni e non trentadue.

Sentirono Cheyenne che tornava giù dalle scale meno di quindici secondi dopo. "Trovata!" urlò, quasi inciampando e cadendo con la faccia sul pavimento, arrivata all'ultimo gradino.

"Jessyka, ora aprila e guarda nella tasca laterale," proseguì Tex con voce molto tranquilla, dandole sempre però delle istruzioni decise, che non lasciavano spazio a dubbi.

Jess fece come le aveva detto Tex ed estrasse un piccolo oggetto nero quadrato. Aveva grossomodo le dimensioni di un'unghia. "Che cavolo è questo?"

"Un aggeggio di tracciamento!" rise Fiona allegramente.

"Ma, Tex, avevi detto che tu..."

"Ho detto che *io* non l'avevo messo, non ho detto che non ci aveva già pensato Benny."

Nella stanza scese il silenzio per un attimo, tutte pensavano a quanto appena successo.

"Kason me l'ha messo nella borsa?" sussurrò Jess, guardando incredula l'apparecchio piccolo e nero dall'aspetto innocente che teneva in mano. "Ma pensavo non avesse..."

"No no, lo ha voluto," Tex interruppe Jessyka prima che potesse continuare. "Mi ha telefonato circa una settimana fa e ha detto che voleva che ti monitorassi proprio come faccio con tutte le altre. Io ho rifiutato."

"Tex!" lo riprese Summer. "Che maleducato!"

"Fammi finire, cara. Mi sono rifiutato perché non aveva ancora avuto il tuo permesso. Non potrei mai monitorare una di voi senza il consenso esplicito. Benny aveva intenzione di parlartene, ma poi li hanno chiamati in missione. Così è andato nel pallone, perché non era ancora riuscito a parlartene e non voleva affrettare le cose, ma allo stesso tempo non voleva partire in missione lasciandoti così esposta e vulnerabile. Così ho accettato di collegare un dispositivo alla tua borsetta. Gli altri sono qui, pronti a essere collegati appena torna a casa."

"Perché è andato nel pallone?" domandò Jess, trascinandosi un po' nel parlare. Ovviamente era più ubriaca di quanto credesse.

"Perché ogni volta che vanno in missione, cavolo,

sembra proprio che una di voi ragazze si metta nei guai. Così, per evitare che succedesse ancora, magari stavolta proprio a te, Jess, voleva che fossi monitorata, prima di andarsene. Ragazze, avete intenzione di mettervi nei guai, stavolta? Ve lo dico, ogni volta che partono in missione, mi attacco alla scrivania per controllare che non vi succeda niente.”

“Non ci succederà niente!” gli rispose Caroline con fermezza. Ovviamente la sua affermazione sarebbe stata un po’ più credibile, se non le fosse venuto il singhiozzo proprio nel bel mezzo della frase.

“Giusto. Va bene. Se decideste di stare in quella taverna per le prossime... chissà quanto, finché non tornano, allora ci crederei.”

“Tex! Non è certo colpa nostra. Sono quegli stronzi!” esclamò Fiona.

Tex sospirò. “Ma certo, Fee, hai ragione. Jess?”

“Sì?”

“Rimetti l’aggeggio nero nella tasca laterale della tua borsetta e richiudi la zip. Ricordati di portare sempre la borsetta, ovunque tu vada... siamo d’accordo?”

Jess eseguì le istruzioni di Tex, sentendo un certo calore che le cresceva dentro. Kason aveva provveduto a controllare che stesse bene. Avrebbe dovuto sentirsi strana, invece stava proprio bene, le piaceva sapere che ci teneva così tanto.

“Ora tira fuori il tuo cellulare, che è il motivo per cui mi avete chiamato.” Attese che Jessyka gli dicesse che era pronta. “Vai nei tuoi contatti e cerca il mio nome.”

Jess cercò tra i suoi contatti, imprecando quando toccò per sbaglio un altro nome, aprendo un contatto diverso. "Dannato telefono." Infine, arrivò alla lettera T e girò il telefono per far vedere anche alle altre, che erano ancora sedute, scuotendo il telefono nell'aria mezza brilla. "Ehi! Guardate! Tex è già nei miei contatti!"

Tex sospirò dall'altra parte della linea. "Sì, Benny ti ha inserito il mio numero nei contatti. Adesso lo sai. Se hai bisogno di qualcosa, puoi chiamarmi. Va bene?"

"Certo." Rispose Jess distrattamente, pensando a quando Kason aveva potuto prenderle il cellulare per programmare il contatto di Tex senza che lei se ne accorgesse.

"Summer!" urlò Tex all'improvviso.

"Sì?" Summer rispose immediatamente.

"Qual è il mio numero?" le chiese Tex.

Summer gli rispose recitando a memoria le dieci cifre del suo numero telefonico.

"Fiona, tocca a te."

Fiona ripeté diligentemente il numero a memoria, senza mettersi a cercare nel suo elenco dei contatti.

Tex fece lo stesso con Caroline, con Cheyenne e poi con Alabama. tutte tre le donne risposero senza esitare, ripetendo il suo numero.

"Jess, impara a memoria il mio numero," le disse Tex con tono serio. "Davvero, è importante. Ormai nessuno si preoccupa più di imparare a memoria un numero. Cosa faresti, se dovessi chiamare qualcuno, senza avere con te il tuo cellulare? Saresti nei guai, ecco cosa. Domani sera ti richiamo, sarà meglio che tu l'abbia imparato. Dico sul serio, Jess."

"Guarda che dice *davvero* sul serio," le sussurrò Cheyenne, con un tono un po' teatrale, troppo marcato per un normale sussurro. "Ha fatto lo stesso con me e quando non sono riuscita a ripetere subito il numero a memoria mi ha aizzato contro Dude. Davvero, a me piace quello che fa il mio uomo, ma non amo particolarmente le sculacciate di punizione, preferisco quelle erotiche."

Jess guardò Cheyenne incredula.

Cheyenne ridacchiò. "Un po' troppi dettagli?"

"Mamma cara. Sentite, adesso riattacco. Sarà meglio che non vi facciate venir voglia di andare chissà dove, stanotte, siete già belle ciucche."

"Non preoccuparti, Tex, stiamo a casa," lo rassicurò Caroline. "Grazie per la chiacchierata. Ti vogliamo bene!"

Tutte le donne si unirono ai saluti festosi e amorevoli a Tex, finché questi non chiuse la conversazione, ridendo.

"Davvero mi telefonerà, domani?" chiese Jess, incredula.

"Sì!" le risposero tutte insieme le altre cinque.

"Sarà meglio che cominciamo a ripassare così te lo ricordi!" le parole di Cheyenne erano completamente serie.

Passarono altre due ore a ridere e scherzare. Jess

imparò a memoria il numero di telefono di Tex, anche al rovescio. Tutte affermarono che la sua idea di recitare il numero sia in avanti che all'indietro la sera dopo era geniale.

Infine, si calmarono. Jess pensò che era stata una serata fantastica.

"Grazie, ragazze, per avermi invitata."

"Grazie per essere venuta. Sappiamo che a volte siamo un po' esagerate, ma amiamo tantissimo i nostri compagni, siamo così fortunate che abbiano trovato delle donne così toste. Ma ti immagini se anche solo una di noi fosse una lagna, una rompiscatole?"

Tutte risero alle parole di Cheyenne, pensando che sarebbe stato brutto, se una di loro fosse stata una rottura.

Proprio quando si stavano tutte per addormentare, Fiona disse, nella stanza buia: "Non è divertente essere portate via senza che nessuno sappia dove sei. Stasera ci hai proprio azzeccato, Jess. Sapere che abbiamo un uomo che farebbe di tutto per proteggerci, tanto da assicurarsi di sapere dove siamo, ogni santo giorno, per proteggerci? Per me è un sogno che si realizza, probabilmente l'unico motivo per cui non siamo per terra in posizione fetale, come hai descritto elegantemente. Di sicuro altre persone penserebbero che è strano, inquietante, non capirebbero affatto, ma noi siamo tutte d'accordo, ci sentiamo più sicure, non perseguitate."

Jessyka fu meravigliata di sentire quanto bene Fiona si ricordava le parole che aveva usato prima, quella sera.

La sua considerazione di quella donna aumentò, ed era già molto alta.

Nessuna disse più altro, una a una si addormentarono. Confortate dal sapere che, anche se i loro uomini non erano nella stessa zona, nemmeno nello stesso fuso orario, nello stesso paese, erano comunque protette dal loro personalissimo angelo custode, Tex.

CAPITOLO DODICI

Tutti e sei i SEAL esalarono un sospiro di sollievo quando il loro aereo toccò terra. Erano riusciti a portare a termine una missione senza venire chiamati da Tex, che diceva loro che una delle loro donne era stata rapita, si era persa, veniva torturata, o era in qualche altro tipo di pericolo.

Sembrava che le cose si stessero acquietando per il gruppo, di questo erano tutti grati. Le loro donne ne avevano passate abbastanza, nella vita, era ora che riuscissero a sistemarsi, a condurre una vita "normale".

"Jess ha scoperto che cosa avete fatto a Brian," comunicò Benny a Wolf, mentre si preparavano a sbarcare dall'aereo.

"Ah sì?"

"Eh sì."

"E allora?"

"Era più preoccupata per voi che per lui."

"Rimani con lei?"

La domanda non era del tutto inaspettata, Benny rispose di cuore. "Diamine, certo che sì!"

"Ottimo. Ad Ice piace."

"In che problemi pensi si siano messe, mentre eravamo via?"

"Non ne ho la più pallida idea, ma immagino niente di terribile, dato che Tex non ci ha fatto rimpatriare in tutta fretta."

Benny e Wolf si fecero una risata. Per quanto Wolf si lamentasse dei guai in cui ogni tanto le loro donne si ficcavano, sapevano entrambi che lui non avrebbe cambiato una virgola.

"Ci troviamo all'*Aces* domani sera?" Wolf domandò, a voce abbastanza alta da farsi sentire da tutti.

Prima che potesse rispondere qualcun altro, Benny chiese: "Posso controllare gli orari di lavoro di Jess? Vorrei che potesse essere presente come una di noi, non come nostra cameriera."

"Sì, ma certo. Scusa, avrei dovuto pensarci," si scusò Wolf.

"Nessun problema. Vi faccio sapere domattina. Puntiamo alla sua prima sera libera, se vi va bene," disse Benny ai suoi amici.

L'aeroporto era deserto quando scesero dall'aereo, nessuno sapeva quando sarebbero tornati, quindi nessuno di loro si aspettava una festa di bentornato.

Si incamminarono a grandi falcate nel piccolo edificio, pronti all'incontro informativo di fine missione, per poter tornare a casa dalle loro donne, che sarebbero state sorprese e felici di vederli tornare a casa sani e salvi.

———

Jess pensò di sentire un rumore e si mise seduta sul letto, sforzandosi con gli occhi di vedere nell'oscurità della stanza. Prima di potersi muovere o di poter decidere il da farsi, vide un'ombra nel corridoio. Si lanciò sul lato del letto più lontano dalla porta e andò a finire per terra, appoggiata a mani e ginocchia. Le lenzuola si erano aggrovigliate intorno al suo corpo, si sforzò per liberarsi, prima che chiunque fosse nella stanza potesse raggiungerla.

"Santo cielo, Jess, sono io."

Jessyka si bloccò per un attimo, poi rilassò ogni muscolo del suo corpo. Riconobbe quella voce. "Kason?"

Poi lui arrivò. L'aiutò ad alzarsi da terra, insieme alle lenzuola che la avvolgevano, poi si sedette sul lato del letto tenendola tra le braccia. "Cazzo, mi dispiace, bella. Sì, sono io. Siamo tornati."

Jess abbracciò Kason più forte che potè, affondando la faccia nel suo collo. Aveva il cuore che palpitava a mille all'ora. All'improvviso si allontanò e gli mollò uno schiaffo sul braccio. "Mi hai spaventata a morte!"

Benny fece una breve risata e poi tornò serio. "Scusami, Jess. Davvero. Non sono abituato ad avere qualcuna che mi aspetta, nel mio letto."

"Avresti dovuto mandarmi un messaggio per farmi sapere che eri tornato."

"Hai ragione, avrei dovuto, non succederà più," concordò subito Benny, dispiaciuto. Poi abbassò la testa portando il naso sul collo di lei, per fiutare il suo profumo, unico. "Porca vacca, che bello tornare! Ancor meglio tornare e trovarti nel mio letto."

Benny rilassò i muscoli e si coricò sul letto, tirando con sé anche Jess. Lei si rimise seduta, portandosi a cavalcioni sulla vita di lui, per poi guardarlo.

"Non ti vedo. Stai bene? Non hai dei nuovi buchi da qualche parte? Anche gli altri stanno tutti bene?"

"Niente altri buchi, bella. Stiamo tutti bene. Stavolta è stata una missione facile, entrati e usciti."

"Meno male. Ero preoccupata per te."

"E io ero preoccupato per te." Benny fece una pausa, non sapendo se doveva dire quel che pensava, poi decise che era il caso. "È bello avere qualcuno di cui preoccuparsi, che a sua volta si preoccupa per te."

"Eh sì."

Si sdraiarono sul letto per un momento, prima che Benny si mettesse seduto, accompagnando Jess nel suo movimento. "Allora, fammi alzare così mi tolgo questi vestiti, poi potrai darmi il benvenuto nel modo migliore... O almeno non andando in giro carponi per nasconderti."

"Scemo," disse Jessyka ridendo. "Non me ne sarei

andata in giro carponi per terra, se mi avessi fatto sapere che tornavi a casa."

"Ah ah, dammi un secondo e ti faccio vedere io quanto mi dispiace."

Jess si tolse dalle ginocchia di Kason e lui si alzò. "Allora sbrigati, ho tanto bisogno di sentire le tue scuse." Lo sentì ridere mentre si rimetteva a letto, preparandosi per lui. Jess si tolse la maglietta di lui che aveva indossato per andare a letto e aspettò. Il materasso del letto si abbassò improvvisamente, Kason era già arrivato.

Jess sospirò sollevata. Non aveva mentito. Si era *davvero* preoccupata per lui, riaverlo tra le braccia era la sensazione più bella che potesse provare. Essere di nuovo tra le sue braccia. Davvero non riusciva a capire come avesse potuto pensare anche solo per un momento che quanto c'era stato tra lei e Brian fosse amore. I sentimenti che provava per Kason erano molto più forti e profondi. Si sentiva la donna più fortunata di sempre.

———

"Ehi!"

"Ciao, Jess!"

"Oh!"

Jessyka sorrise a tutte le ragazze, che la salutavano. I SEAL la salutarono soprattutto con un cenno del mento, ma a lei andava bene anche così. "Ciao a tutti!

Che bello vedervi!" Jessyka girò intorno al tavolo e si sedette in un posto vuoto. C'erano tutti i ragazzi, insieme alle loro compagne. Era un gruppo vivace, Jess era felicissima di farne parte. Si voltò per sorridere a Kason, che le si era seduto vicino, dopo averla aiutata con la sedia.

"Grazie per aver posticipato l'incontro fino a stasera. Non sono riuscita ad avere una sera libera, prima."

"Ma certo, grazie per aver accettato l'invito. Sappiamo che vieni qua praticamente tutte le sere, sarà una rottura dover venire anche quando non devi lavorare," disse Alabama a Jess, sorridendo.

"Niente affatto. Mi piace questo locale."

"Ehi, Jess, posso prendere la tua ordinazione?" Jessyka guardò Ella, una delle cameriere del locale, che stava in piedi vicino al tavolo.

"Sì, puoi portarmi una crema all'Amaretto Sour[1]?"

"Ma certo."

"Birra alla spina per te?" domandò Ella guardando Kason.

"Mi sembra giusto."

Jess mise una mano sulla gamba di Kason. Lo amava. Non gliel'aveva ancora detto, ma immaginava fosse praticamente ovvio. Quando era tornato a casa, non si erano spostati dalla camera da letto per almeno un giorno. Si erano avventurati fuori solo per prendere qualcosa da mangiare, ma Kason l'aveva subito riportata a letto, appena finito.

Tra un rapporto sessuale e un altro, Kason le aveva

parlato del lavoro, degli amici, di come era cresciuto. Le aveva ribadito di voler comprare un appezzamento di terreno, una volta in pensione, per potersi godere la vita lontano da tutti, persone e drammi.

Jess era andata anche in argomento, parlando di Tex e dei dispositivi di tracciamento.

"Le ragazze hanno telefonato a Tex quando ero a casa loro, parlando degli aggeggi di tracciamento," aveva detto Jess cautamente. Non voleva dare nulla per scontato.

Kason non aveva fatto una piega. Aveva continuato ad andare con la mano avanti e indietro sulla schiena di lei, sdraiata di fianco a lui, mentre entrambi si riprendevano da orgasmi intensi. "Ah sì?"

Dato che Kason non le era sembrato irritato, Jessyka aveva continuato. "Mi ha detto di quello che hai messo nella mia borsetta."

"Sì, prima di partire non ho avuto molto tempo. Volevo parlartene appena tornato... Ma poi ci siamo fatti trasportare." Kason le aveva fatto una smorfia complice.

Jess si era morsa le labbra. Non voleva chiedere. Se lui la voleva tenere al sicuro, come le altre donne, gliel'avrebbe chiesto.

"Scusa..." Kason aveva percepito il suo disagio. L'aveva fatta girare in posizione supina e le si era messo sopra. "Ma ti dispiace?"

Jess aveva fatto cenno di no con la testa, guardandolo.

"Va bene, adesso è un momento come un altro per parlarne." Kason aveva preso entrambe le mani di lei tra le sue, portandogliele sopra la testa. Poi si era appoggiato di peso sui suoi fianchi, immobilizzandola. "Per me sei più importante di chiunque altro, se ti succedesse qualcosa non so cosa farei. Ho visto abbastanza malvagità nella vita da spaventarmi a morte al solo pensiero che tu possa scomparire senza che io ti possa ritrovare. Voglio che Tex sia sempre in grado di trovarti, spingendo un bottone, se c'è bisogno. Per favore, dimmi che sta bene anche a te."

Jess aveva pensato di metterlo in imbarazzo per gioco, ma la morale era che era d'accordo anche lei. "A me sta bene."

"Grazie al cielo."

Il sesso che avevano fatto dopo era stato meraviglioso. Probabilmente anche più di tutte le volte che avevano fatto l'amore prima... e voleva dire molto. Ovviamente, Jess pensava che i sentimenti profondi che provavano l'uno per l'altra fossero piuttosto ovvi. Quindi per il momento non aveva bisogno di sentirselo dire, ma sapeva che non sarebbe riuscita a trattenersi tanto a lungo.

La conversazione al tavolo del bar era molto vivace. I ragazzi amavano provocarsi a vicenda su tutto. Era un aspetto che Jess non aveva mai vissuto da vicino, perché con lei erano sempre stati molto amichevoli ed educati, mostrandole tutte le attenzioni per le donne che stavano con loro.

A un certo punto l'argomento della conversazione diventò il soprannome di Benny, così Jess si avvicinò meglio, per poter ascoltare la storia di come gliel'avevano affibbiato. Le altre donne le avevano raccontato la storia dei soprannomi dei loro uomini, ma avevano ammesso tutte di non conoscere minimamente la provenienza del soprannome di Benny.

"Allora, Benny, stavamo pensando, adesso che anche tu sei impegnato con la tua compagna, sarebbe il momento giusto di cambiarti il soprannome," gli disse Wolf, distrattamente, mentre accarezzava con le dita le spalle di Caroline.

"Sì, ne abbiamo un paio in mente, che ne dici di Chef? O di Lock[2]? Dato che sei il più veloce della squadra nell'aprire i lucchetti e le serrature..." disse Cookie a Benny, bevendo un lungo sorso della sua birra.

"Ma certo, vanno benissimo tutti e due," rispose Benny con entusiasmo.

"O che ne dici di Stud, o Turtle[3], dato che sei stato l'ultimo a trovarti una donna?" lo provocò Abe.

"No, ce l'ho! Sloth[4]!" intervenne Mozart, ridendo.

Benny cominciò a capire che i ragazzi lo stavano solo prendendo per il culo... ancora.

"Ma che diamine, che stronzi, sempre così," mormorò.

Risero tutti.

"Accettalo, non potrai mai toglierti di dosso 'Benny'," gli disse Dude, sempre cordialmente.

"Come è nato il suo soprannome, comunque?" osò chiedere Cheyenne.

"Quella storia *non* si racconta!" ordinò Benny ai suoi amici.

Wolf si limitò a sorridere. "Beh, è successo tutto una notte, eravamo in questo bar malandato in un piccolo paese in Africa..." La sua voce svanì, il suo volto si fece duro, lo sguardo arrabbiato, mentre si rivolgeva alla porta del locale.

Come in una scena dei Monty Python, tutti girarono la testa per vedere cosa stava guardando Wolf. Brian era appena entrato, insieme a un gruppo di altri uomini.

Jess non riconobbe nessuna delle persone che stavano con Brian, ma cominciò comunque a tremare. Odiava il fatto che Brian continuasse a presentarsi nel suo locale.

"Ma che cazzo ci fa qua?" disse Dude, arrabbiato, dicendo ciò che tutti gli altri pensavano.

"Viene qui continuamente," spiegò Jess a bassa voce.

Ora tutte le teste si girarono per guardare Jessyka.

"Davvero?" chiese Fiona. "Ma non è ... strano?"

"Sì, è troppo strano!" Esclamò Benny. "Perché non me l'hai detto?" domandò a Jess.

"Non ha fatto nulla. Viene solo con i suoi amici a bere qualcosa. Io ho sempre evitato di servirli, lui non ha mai causato alcun problema. Non mi ha mai nemmeno rivolto la parola."

"Non mi piace," commentò Benny, con voce frustrata. "Non mi fido di lui."

"Nemmeno io," affermò Wolf. "Forse è giunto il momento di scambiare un altro paio di parole con lui."

"Oh no!" disse Jess, sporgendosi in avanti e staccandosi dalla mano che Benny le teneva dietro la schiena. Parlò rapidamente, per cercare di evitare un confronto diretto. "Va tutto bene. Davvero, te lo direi se facesse qualcosa, ma non è successo. Mi è stato lontano. Te lo giuro!"

Jess guardò tutti gli uomini presenti al tavolo negli occhi. Era chiaro che nessuno era contento di quella situazione.

"Se anche solo ti dice una parola, Jess, dovremo fare un'altra 'chiacchierata' con lui. Se fa qualcosa, devi dirlo a Benny."

"Lo farò, lo prometto." Jess guardò Kason. Aveva i denti serrati, i muscoli della mascella che gli pulsavano. Gli parlò, mettendogli una mano sulla guancia. "Te lo prometto, Kason. Davvero, non mi ha mai più parlato, da quella volta che ti ho già detto."

Benny si tolse dalla guancia la sua mano e ne baciò il palmo, prima di appoggiarsela sulla gamba e tenerla lì. Poi le portò l'altra mano sul lato del collo e la avvicinò, per un bacio lungo, lento e molto spinto per essere in un luogo pubblico. Quando si fece indietro, le strofinò il pollice sulla guancia. "Se anche solo ti guarda storto, voglio saperlo."

Vide che Jess annuiva. "Va bene."

Benny guardò il tavolo dove sedeva Brian, incrociando il suo sguardo brevemente, lo squadrò, prima che Brian tornasse a rivolgersi ai suoi amici.

La conversazione al tavolo fu un po' meno naturale, dopo l'arrivo di Brian. Jess sospirò. "Che peccato. Mi dispiace, ragazzi."

"Non è colpa tua, Jess," le rispose Dude, prima che intervenisse qualcun altro.

"Mi dispiace lo stesso. Magari dovrei andare via, così voi potete..."

"Smettila, Jess," intervenne Abe. "Non puoi assumerti tu la colpa e di certo non ce ne andiamo.."

"Ma ..."

"No."

La voce di Abe si era fatta dura, Jess capì che era meglio tacere.

Caroline interruppe il silenzio inquieto del gruppo. "Allora, Jess, Tex ti ha chiamata dopo la nostra festa?"

Jess sorrise all'amica, grata perché aveva cambiato argomento. "Sì sì, mi ha telefonato e si è messo a urlare quando gli ho recitato il suo numero, perché pensava che fosse sbagliato. Quando ha capito che lo stavo solo dicendo al contrario, è rimasto senza parole."

"Tex senza parole? Non ci credo!" commentò Alabama divertita.

"Eh sì, poi mi ha fatto la paternale per una decina di minuti, dicendomi che dovevo prendere tutto più sul serio. Solo quando mi sono scusata per la ventesima volta, finalmente ha staccato la pezza."

Le ragazze risero tutte.

Jess decise di andare sull'argomento dei dispositivi di tracciamento prima che lo facesse un'altra donna, prima che potessero metterla in imbarazzo per quanto aveva detto alla festa, così commentò: "Oh e Kason ha parlato con Tex e sono arrivati gli aggeggi traccianti."

"Era ora, Benny," gli disse Dude a bassa voce.

"Già, beh, tra trovare il momento giusto per informare Jess che mi apparteneva e la missione, non avevo trovato il tempo." Tutti gli altri risero alle parole di Benny, mentre Jess arrossiva.

"È meglio così, Jess, quale indossi stasera?" Dude si chiedeva che dispositivo di tracciamento avesse Jessyka con sé.

Lei stentava a credere che ne stessero parlando come se non fosse qualcosa di importante. Decise di proseguire nella conversazione, anche perché era stata lei a cominciare. Toccò il piccolo orecchino d'oro che portava all'orecchio sinistro. "Ecco, questo è un dispositivo. Ne ho uno anche nella mia borsetta, poi Kason mi ha praticato un foro nella scarpa ieri sera, ne ho messo uno anche lì."

"Non ci pensare, Jess," le disse Cheyenne."Faulkner me ne ha messo uno nel reggiseno!"

Risero tutti.

"Ottima idea, Dude!" esclamò Mozart, che poi guardò Summer e le disse: "Contatto Tex domattina per un nuovo lotto."

"Sì, anch'io, ottima idea," commentò Benny entusiasta.

"Ragazzi, siete davvero pazzi," replicò Jess senza stare a pensarci.

"Siamo pazzamente innamorati delle nostre donne," le rispose seriamente Wolf. Poi appoggiò entrambi i gomiti sul tavolo e si sporse in avanti, fissando Jess con uno sguardo penetrante, che lei non riuscì a evitare. Sentì la mano di Kason dietro la nuca, la sosteneva con affetto, ma lei aveva tutta la sua attenzione rivolta all'uomo dall'altra parte del tavolo, di fronte a lei.

"Di sicuro ne avrai già parlato con le signore e con Benny, ma lascia che ti ripeta qualcosa. Per noi questa non è una questione da prendere alla leggera." Fece un cenno a indicare tutti gli altri uomini presenti al tavolo. "Al mondo c'è un sacco di marciume, noi siamo disposti a tutto per evitare che vi capiti qualcosa di male. Ma nella peggiore delle ipotesi, questi aggeggini senza pretese ci possono dare una marcia in più per trovarvi e per evitare che vi facciate troppo male. Capito?"

"Capito, Wolf," sussurrò Jess annuendo. Trovava più facile chiamare i ragazzi con i loro soprannomi, tranne ovviamente per Kason, perché quello era il modo in cui anche Kason si rivolgeva ai suoi amici, il modo in cui lei li aveva conosciuti.

Jess proseguì a bassa voce, perché nessun altro nel locale potesse sentire ciò di cui stavano parlando. Sapeva che nessun altro avrebbe capito. "E per la cronaca, sono d'accordissimo. Altrimenti non avrei mai accettato. E semmai mi trovassi in una situazione difficile, sarei sollevata sapendo che state arrivando voi per salvarmi."

"Proprio così," commentò Cookie convinto, tirando Fiona più vicina per baciarla sulla testa.

"Wow, va bene, ora basta coi discorsi seri," intervenne Summer, tornando a sorridere. "Quando ci troviamo di nuovo tutti insieme per andare a fare shopping?"

"Tu e il tuo shopping!" Caroline rise.

Il resto della serata passò tra risate e scherzi. L'unico momento di disagio fu quando Brian e i suoi amici si alzarono per andarsene. Ma lui non guardò una sola volta il loro tavolo, si comportò come se non sapesse neanche che erano lì.

Jess sospirò sollevata, contenta di aver superato un altro incontro con il suo ex senza alcun dramma. Di drammi ne aveva avuti abbastanza per tutta la vita.

Infine, Wolf si alzò e tirò su anche Caroline con sé. "Allora, cari, Ice e io siamo a posto per stasera. Domattina non abbiamo esercitazioni, quindi ci vediamo tutti in ufficio."

"A quando la nostra prossima serata tra donne" domandò Alabama, prima che Caroline fosse trascinata via. Tutti i presenti al tavolo sapevano bene perché la coppia se ne stava già andando, avrebbero fatto tutti lo stesso, non tanto tempo dopo.

"Che ne dite del prossimo weekend?" propose Jess, sapendo che quel fine settimana non doveva lavorare.

"Sembra una buona idea. Ci vediamo qua intorno alle otto?" Chiese Fiona..

Le otto era un po' presto per una serata di divertimento e di bevute, però volevano tutte riuscire a tornare a casa non troppo tardi, perché ai loro uomini piaceva molto tenerle sveglie fino a tardi, per godersi gli effetti indiretti che quelle serate tra donne avevano anche su di loro.

"Perfetto! A chi tocca seguirci?" chiese Cheyenne.

Dopo che Cheyenne, Summer e Alabama erano state rapite proprio sotto al loro naso, mentre si godevano una serata tra donne, i ragazzi avevano deciso che in futuro qualcuno di loro sarebbe sempre stato presente per far loro da guardia, in ogni occasione futura, per farle sentire più sicure.

"Dovremo decidere, ma saremo almeno in due," replicò risoluto Cookie.

"Vaaa beneee!" disse Caroline a voce alta. "Ci vediamo questo weekend!"

Dopo che Caroline e Wolf se ne furono andati, anche le altre coppie fecero ben presto altrettanto. Finirono i loro drink, i ragazzi si divisero il conto.

Jess uscì, ben salda al fianco di Benny. Lo guardò. "Ancora non so perché ti chiamano Benny."

"E non lo saprai mai, se dipende da me," le rispose Benny, baciandola sulla testa, mentre si avvicinavano alla sua macchina.

"Preferisci che ti chiami Chef, o Stud, o Turtle?"

Jessyka sapeva che stava pungendo Kason sul vivo, ma si divertiva troppo.

"No, se non vuoi rischiare," le rispose Kason brontolando.

Jess rise.

Mentre tornavano a casa, Jess fece a Kason la domanda che le tornava in mente da un po', da quando aveva scoperto dei dispositivi di monitoraggio. "Non ti dà fastidio che Tex sappia sempre dove siamo, e voi ragazzi no?"

"No." rispose Kason molto deciso.

"Perché no?"

Kason guardò Jess, fermandosi a un semaforo rosso. "Non mi da fastidio perché so che gli sta a cuore il vostro bene. Non me ne frega un tubo se sa che sei al bagno, al lavoro, a casa di Caroline, oppure a fare la spesa al centro commerciale. Mi fa stare molto tranquillo, fa stare tutti noi molto tranquilli, sapere che se succede qualcosa di brutto e non vi troviamo, ci basta fare una telefonata a Tex per sapere dove siete. Quindi vale la pena che sappia a ogni ora del giorno e della notte dove siete. Nessuno può riscuotere la nostra fiducia più di Tex."

"Va bene."

"Hai altre domande, bella?"

"No."

"Ottimo. Perché tra circa dieci minuti, se me la gioco per bene, non ti ricorderai più nemmeno come ti chiami, men che meno quei dannatissimi aggeggi di monitoraggio.”

Jess sorrise a Kason e si passò la mano sul petto, arrivando al bottone più alto della camicetta. Giocherellò con quel bottone. Vedendo che Kason aveva gli occhi fissi su quel bottone, disse allegramente: “È verde, Chef.”

Kason tornò a guardare la strada e premette il pedale dell’acceleratore. “Nove minuti, bella.”

Jess sorrise di nuovo e gli rispose: “Non vedo l’ora.”

CAPITOLO TREDICI

BENNY SI ABBASSÒ per baciare Jessyka, come fosse stata la prima volta che la vedeva. Si tirò indietro, senza lasciarla andare, poi rise, allo sguardo sognante che lei aveva in volto.

"Pensi di voler uscire o di startene seduta qui tutta sera?"

Jess aprì gli occhi e guardò Kason. Santo cielo, adorava il modo in cui la baciava, come se non ne avesse mai abbastanza di lei. "Magari posso stare qui, così mi puoi baciare ancora."

Benny le sorrise. "Per quanto mi tenti, devi andare a fare una chiacchierata con le tue amiche. Non vedo l'ora di riportarti a casa stasera per farti vedere cosa mi ha prestato Dude."

Conoscendo Dude, dato che Cheyenne non teneva un segreto neanche a pagarlo oro e raccontava sempre come faceva l'amore col suo uomo e quanto gli piaceva dominarla a letto, Jess sentì subito che si stava bagnando. "Ma mi prendi per i fondelli? Kason, sei proprio cattivo."

Benny si avvicinò di nuovo a Jess, stavolta mettendole la bocca all'orecchio. "So che hai parlato con Cheyenne, quindi hai capito di cosa parlo. Ho attaccato un paio di catene alla testata del letto, sono pronte per te. Non vedo l'ora di riportarti a casa, di legarti e di farti impazzire tante volte, finché non mi pregherai di venire dentro di te."

Jessyka tremò tra le braccia di Kason. "Santo cielo, Kason," sussurrò. "Ma stai *cercando* di farmi impazzire?"

"No, Jess, sto solo cercando di fare in modo che non ti dimentichi di me, mentre fai la pazza con le tue amiche. Sto cercando di farti impazzire quanto tu fai impazzire me."

"Non potrei mai dimenticarti, poi sei già riuscito a farmi impazzire!"

"Ti ho già detto quanto sei bella stasera?"

Jess si limitò ad annuire. Sì, glielo aveva anche fatto vedere. Aveva dato un'occhiata ai suoi jeans attillati e alla maglietta semitrasparente, dicendole che sarebbero arrivati in ritardo. Poi l'aveva spinta in camera da letto, mostrandole esattamente quanto gli aveva fatto effetto. Ora era in ritardo di venti minuti, ma aveva già voglia di tornare all'appartamento per sperimentare le catene sensuali che Kason aveva preso in prestito da Dude.

"Beh, sei proprio bella. Ogni volta che penso di averti vista al massimo della tua bellezza, tu mi dimostri che mi sono sbagliato." Benny la baciò un'altra volta, velocemente, con molta passione, poi lei si accomodò sul sedile. "Vai, bella. Chiamami quando sei pronta, così vengo a prenderti. Ci vediamo più tardi."

"Va bene." Jess uscì dalla macchina, voltandosi indietro di scatto. Vide che Kason abbassava il finestrino.

"Va tutto bene?" le chiese.

Jess annuì e respirò profondamente. Si era già trattenuta per troppo tempo. Se lui si divertiva a farla eccitare, per poi lasciarla in sospeso, anche lei avrebbe risposto con una bella frase esplosiva. "Volevo solo farti sapere che ti amo, Kason Sawyer. Non riesco mai a non pensare a te. Sei nella mia mente ogni minuto, ogni giorno, ringrazio il cielo che tu sia venuto a vedere come stavo, quel giorno, al locale. Sei molto più che un amico. Sei tutto per me. Ci vediamo più tardi."

Jess si allontanò dalla macchina, vedendo le mandibole di Kason stringersi, mentre stringeva il volante.

"La pagherai, stanotte," la minacciò scherzosamente, con una smorfia complice, mentre guardava Jess dirigersi alla porta del locale.

"Ci conto, Chef!" replicò Jess, sorridendo. Stava benissimo. Finalmente aveva detto a Kason quel che provava, e lui non le aveva risposto di getto.

Sentì che la macchina se ne andava dal parcheggio,

mentre apriva la porta dell'*Aces*. Jess si guardò attorno rapidamente, poi sospirò di sollievo perché non vide Brian, che frequentava il locale sempre più spesso, snervandola.

Non le aveva mai rivolto la parola, ma lei sapeva che le sue intenzioni erano tutt'altro che buone. I SEAL avevano ragione a non gradire la sua presenza nei paraggi, ma lei non voleva agitare troppo le acque, chiedendo loro di fare qualcosa a Brian. Jess fu molto contenta di vedere nel locale sia Cookie che Dude. Evidentemente erano stati estratti a sorte per quella serata fortunata. Con loro presenti, Jess si sentiva più al sicuro.

Caroline e le altre avevano condiviso con Jess un segreto. I ragazzi brontolavano quando dovevano sorvegliarle, durante le loro uscite, ma Caroline sapeva che in realtà faceva piacere a ciascuno di loro. Quel pomeriggio, Caroline aveva telefonato a Jess per dirle che Kason c'era rimasto male, per non aver vinto il diritto a essere presente, aveva anche cercato di corrompere Cookie e Dude per fare cambio, perché gli consentissero di venire al locale.

Caroline aveva sentito Kason dire che, dato che era la prima uscita tra donne da quando lui stava insieme a Jess, il posto di *baby sitter* sarebbe toccato a *lui*. Gli altri gli avevano risposto mettendosi a ridere.

Jess raggiunse le altre al tavolo rotondo in un angolo del salone. Era lo stesso tavolo a cui si sedevano sempre, quando uscivano.

"Ciao, ragazze!"

"Guarda un po' chi ha deciso di raggiungerci stasera!" Summer rise, mentre abbracciava Jess.

"Eh sì... sapete com'è..."

Risero tutte, perché lo sapevano.

La notte fu piena di scherzi e di risate. Summer e Alabama concordarono di non sfidarsi a chi beveva di più, come avevano fatto l'ultima volta, quando tre di loro erano poi state rapite dal locale.

Da un bel po' di tempo le donne non esageravano. Forse stavano invecchiando, ma si erano messe d'accordo che era bello bere anche solo un paio di drink e chiacchierare, invece che ubriacarsi completamente.

A un certo punto della serata, il discorso si portò sui figli.

"La scorsa settimana mi sono accorta di essere in ritardo. Non me ne ero accorta subito, ma poi sono uscita pazza. Mi sono rifiutata di fare un test di gravidanza finché Matthew non mi ci ha costretta," disse Caroline, mentre con le mani distruggeva un tovagliolino.

"Ci stai dicendo che sei incinta?" esclamò sorpresa Fiona.

"No, santo cielo, no. Non sarei qui a bere, se lo fossi!" rispose Caroline. "Ma mi sono spaventata a morte. Matthew ha dovuto mantenere la calma per entrambi."

"Come ha reagito, vedendo che non eri incinta?" le chiese Summer.

"È rimasto tranquillo, ha reagito molto bene, in realtà. Mi ha detto che voleva ciò che volevo io."

"E tu vuoi avere figli?" le chiese Alabama.

"Non lo so. Infatti sto malissimo," ammise Caroline, a voce bassa. "Cioè, in tutti i romanzi rosa che ho letto, anche in tutti gli spettacoli in televisione, quando due si innamorano, il punto più alto della storia è *sempre* un figlio. È come se l'amore non fosse completo senza la gravidanza. Poi vivono tutti felici e contenti. Ma io adesso sto bene con Matthew. I miei genitori erano più grandi, quando sono arrivata io, non sono ancora convinta di volerlo." Fece una breve pausa, poi guardò le sue amiche. "Significa che sono una persona orribile? Mi sento così egoista."

Summer si alzò e camminò intorno al tavolo, fino a trovarsi in piedi vicina allo sgabello di Caroline. "No, non sei affatto una persona orribile. Sai che c'è? A chi importa un po' di sano egoismo! Dico davvero, chi lo dice che le donne devono per forza fare i figli appena sposate? Dove sta scritto che l'amore di coppia si 'corona' solo con qualche mostriciattolo per casa? Ragazzi, dovete fare quello che vi piace di più, quello che vi sembra giusto."

Caroline appoggiò la testa alla spalla di Summer. "Grazie, Summer, mi fai sempre stare meglio. E voi ragazze, che dite?"

Nessuna aggiunse nulla in quel momento. Poi Cheyenne condivise i suoi pensieri. "So di essere una delle ultime arrivate nel gruppo, ma sono d'accordo con te, Caroline. Amo tantissimo Faulkner. Lo voglio tutto per me. Sempre. Non posso immaginare di rinunciare anche solo a un secondo della nostra vita di coppia. Adoro i nostri momenti passati insieme, non sono disposta a rinunciarvi. Però penso di volere dei figli... Un giorno. So che con me è molto protettivo e adorabile, mi piacerebbe tantissimo vederlo con i suoi figli."

"Sono d'accordo, oggi tra televisione e social media ci fanno sempre sembrare delle stronze egoiste, non delle persone normali, parte della società, se non vogliamo figli. Che diritto hanno gli altri di dirci che dobbiamo sfornare figli appena ci mettiamo con un uomo? Non ci sono abbastanza bambini al mondo d'oggi, che nessuno vuole? Io lo so bene, ero una di loro." Alabama terminò con tono piuttosto indignato.

"Allora brindiamo, niente figli!" Fiona alzò il bicchiere. "Almeno finché non siamo pronte *noi*, non quando ci dicono tutti che dovremmo essere pronte!"

"Niente figli!" Urlarono tutte, bevendo un sorso generoso dei rispettivi drink. Summer tornò al suo posto, dall'altra parte del tavolo.

"Ehi, chi vuole provare un esperimento?" domandò Jess a tutte, dopo qualche attimo.

"Ma certo, che tipo di esperimento?" replicò Cheyenne incuriosita.

"Avete tutte il vostro telefono, vero?" Tutte annuirono, così Jess proseguì. "Inviamo un SMS ai nostri uomini e vediamo quanto tempo passa prima che ci rispondano. Chi risponde per ultimo paga da bere."

Risero tutte. "Perfetto!" esclamò Caroline. "Ma dobbiamo dire tutte la stessa cosa, altrimenti non sarebbe equo."

"Ottima idea, vediamo... che ne dite di un messaggino breve ma dolce... e non possiamo fare domande, se no *devono* rispondere," concluse Jessyka.

"Che ne dite di 'Che caldo che fa, mi sono tolta le mutandine?'..."

Risero tutte freneticamente. "Santo cielo! È perfetto, Cheyenne. Sarà meglio che tu non ci dica come ti è venuto in mente!" esclamò Summer. "E dobbiamo guardare tutte cosa ci rispondono!"

"Va bene, ma dato che Hunter e Faulkner sono qui presenti, Fiona, tu e Cheyenne andate al bagno, così penseranno che l'abbiate fatto davvero."

"Ottima idea, Jess. Andiamo Cheyenne, su, forza!"

Le altre donne guardarono Cheyenne e Fiona che attraversavano la sala per andare in bagno. Nessuna fu sorpresa di vedere che Faulkner si alzava in piedi e si metteva nel corridoietto che portava ai bagni. L'ultima volta che Cheyenne era andata in bagno, proprio in quel locale, poi era sparita. Faulkner non voleva rischiare che potesse accadere di nuovo.

Le ragazze uscirono dal bagno e risero istericamente, vedendo Faulkner lì in piedi che le guardava.

Tornarono al tavolo e continuarono a ridere fuori controllo.

"Va bene, ora fuori tutti i telefoni, ma cercate di nasconderli, i ragazzi al bar non devono vedere," ordinò Caroline. "Digitate il messaggio e non inviatelo finché non siamo tutte pronte."

Quando tutte ebbero finito di digitare sul telefono, Caroline fece un conto alla rovescia. "Tre, due, uno, *invio*. Va bene, ora tutti i telefoni in mezzo al tavolo. Vediamo quale vibra per primo."

Ridacchiarono tutte nell'attesa. Poi il telefono di Cheyenne tremò all'improvviso sul tavolo.

"Perché non sono sorpresa?" commentò Caroline ridendo e ruotando gli occhi.

Cheyenne prese il suo cellulare, tutte la videro diventare rossa paonazza.

"Cosa ti ha risposto?" domandò Alabama, sporgendosi verso Cheyenne.

Cheyenne si girò per non farsi vedere dai loro uomini, che stavano seduti al bar, per far vedere alle altre il messaggino appena ricevuto da Faulkner. *Ti ho dato io il permesso di togliertele? Spero tu sia comoda su quello sgabello perché quando torniamo a casa ti prendo io in braccio.*

"Mamma cara, Cheyenne, che fortuna sfacciata!" commentò Caroline, totalmente seria.

Cheyenne rise e si rimise in tasca il telefono. "Lo sapete com'è Faulkner con me, ma vi giuro che siamo felicissimi."

Caroline prese le mani di Cheyenne con le sue e rispose seriamente: "Solo perché a letto gli piace comandare, più che agli altri, non c'è niente di male. Se siete felici così, a chi cazzo importa quello che pensano gli altri."

Tutte le donne al tavolo annuirono d'accordo. Improvvisamente, altri due telefonini vibrarono.

Jess si allungò per prendere il suo telefono, poi lesse il messaggio di Kason, sorridendo. "Allora, dice: 'Sei pronta che ti vengo a prendere?'..." Jess rispose brevemente di no e mise via il cellulare. "E Cookie cosa ti ha scritto, Fiona?"

Fiona rise e mostrò il telefono a tutte. *A che gioco state giocando voi ragazze?*

Risero tutte e si girarono, per fare un cenno di saluto ai due uomini, al bar. Hunter le aveva viste ridere, lui e Faulkner ovviamente si erano accorti di aver ricevuto lo stesso identico messaggino.

"Ne mancano tre!" disse Jess tutta allegra. Non ricordava quando si era divertita di più. Era passato un sacco di tempo da quando usciva con le sue amiche.

Il telefono che vibrò fu quello di Caroline, che lo prelevò al volo. Poi tirò indietro la testa ridendo, e mostrò a tutte la risposta di Matthew. *Cazzo se mi piacciono le nottate tra donne!*

Si sporsero tutte in avanti per vedere gli ultimi due telefoni rimasti sul tavolo. Alabama e Summer erano entrambe pronte a saltare di scatto, avevano i nervi a fior di pelle. Finalmente, il telefono di Alabama vibrò, mentre quello di Summer fu l'ultimo, cinque secondi dopo.

"Dannazione! Mozart la pagherà quando arrivo a casa!" commentò Summer, ridendo.

Il messaggio di risposta di Abe diceva: *Scommetto che ti farò esplodere prima ancora di arrivare a casa.* Mozart invece rispose: *Te la farò pagare... nel miglior modo possibile.*

Tutte concordarono che, seppure Summer aveva perso la scommessa, quella notte avrebbero vinto tutte.

CAPITOLO QUATTORDICI

BENNY ATTENDEVA IMPAZIENTE che Jessyka gli mandasse un messaggino o che lo chiamasse per andarla a prendere. Le parole che gli aveva detto quella sera prima di entrare all'Aces continuavano a riecheggiare nella sua mente. Jess lo amava. Lo sapeva già, mai e poi mai avrebbe avuto le reazioni che aveva, senza amarlo.

Voleva mostrarle quanto anche lui l'amasse, prima ancora di dirglielo. Voleva arrivare a ripetere le stesse parole solo quando non fosse più riuscito a trattenersi.

Ma Benny aveva programmato tutta la notte. Non le aveva mentito, quando le aveva detto cosa teneva in serbo per loro due, per quella notte. Benny aveva parlato molto con Dude del suo stile di vita. E mentre Benny sapeva di non essere un appassionato della dominazione come Dude, aveva scoperto molti aspetti interessanti, che avrebbe volentieri sperimentato.

Jess non si era mai lamentata, quando l'aveva tenuta

ferma, o quando le aveva dato degli ordini a letto. Sapeva che le piaceva. Benny immaginava di potersi spingere solo un poco oltre per vedere se anche a lei piaceva essere legata fisicamente. In caso positivo, Benny sapeva che si sarebbero divertiti un mondo a sperimentare. Anche se lui non sentiva il bisogno di comandare a letto, come faceva Dude, poi sapeva che anche a Jess a volte piaceva prendere le redini del comando, cosa che a lui non dispiaceva affatto. Però pensava sarebbe stato divertente mescolare un po' le carte e provare delle situazioni nuove.

Quando Jess gli aveva scritto quel messaggio spinto sulle sue mutandine, aveva dovuto farsi forza per non correre subito in macchina, andarla a prendere e trascinarla a letto. Voleva che anche lei si godesse una nottata fuori con le amiche, per la quale smaniava, ma l'attesa lo stava uccidendo.

Infine, intorno alle undici, il cellulare di Benny squillò. Non riconobbe il numero, ma rispose comunque, immaginando potesse essere Jess.

"Pronto?"

"parlo col signor Kason Sawyer?"

"Sì, chi cavolo è?" la voce di Benny si fece subito brusca e impaziente. Non gli piaceva ricevere telefonate da chi non conosceva, anche se evidentemente chi l'aveva chiamato quella sera lo conosceva.

"Lavoro qui al locale dove sono le ragazze con Jess. Il suo amico SEAL mi ha detto di telefonarle per dirle che ci sono dei problemi e che è meglio se viene qui subito. Dovrebbe entrare dalla porta sul retro, nel vicolo. Lui farà in modo che sia aperta."

"Che tipo di problemi?" domandò Benny, ma la persona che aveva telefonato aveva già riattaccato. "Cazzo," Benny non si trattenne.

Questa è l'ultima volta che vanno in quel cazzo di posto da sole.

Benny pensò di chiamare Cookie o Dude per verificare quel che gli aveva detto quel tipo al telefono, chiunque fosse ad averlo chiamato, ma non volle perdere tempo. Anche se si sentiva un po' stupido, non poteva pensare ad altro che a Jess. Tutto il suo addestramento militare nei SEAL gli diceva di aspettare, di non prendere decisioni affrettate, di ottenere tutte le informazioni possibili prima di mettersi in una situazione ignota, ma soprattutto avrebbe dovuto chiedere l'aiuto dei suoi compagni... Solo che non poteva aspettare. Non se ad essere in pericolo era la sua Jess.

Afferrò le chiavi e si infilò il cellulare in tasca, poi corse alla porta. Saltò su in macchina e la avviò. Senza nemmeno allacciarsi la cintura di sicurezza, Benny partì e sfrecciò fuori dal parcheggio, sfiorando il marciapiede in manovra.

Mentre accostava nel parcheggio, il locale sembrava tranquillo, forse fin troppo tranquillo. Benny non sapeva cosa stesse succedendo, ma non voleva correre alcun rischio. Si fermò in fondo al parcheggio, in modo da non essere visto dalla porta, poi si incamminò in silenzio verso il vicolo dietro al bar. Estrasse il suo coltello militare dal fodero e lo impugnò fermamente. Non aveva idea dei problemi che stava per affrontare, ma voleva essere pronto a tutto.

Benny vide la porta del retro del locale e si avviò verso quell'uscio. Arrivò alla maniglia della porta, cercando di tirarla per aprire, ma con sua grande sorpresa la trovò chiusa. Il suo istinto si allarmò immediatamente, aveva fatto una grande cazzata...enorme, e lo capì subito. Diamine, si era comportato come se non avesse passato gli ultimi dieci anni della sua vita ad apprendere le tecniche militari per gestire operazioni molto pericolose. Avrebbe tanto voluto prendersi a calci da solo. Doveva contattare subito Wolf e gli altri. Si girò per uscire dal vicolo e scoprire che diamine stesse succedendo e per chiamare i suoi compagni, ma non fece nemmeno due passi, quando tutto divenne buio all'improvviso.

————

"Mamma santissima, Jess, per favore, basta! Mi fa male lo stomaco a forza di ridere!" implorava Fiona, mentre tutte continuavano a ridere sonoramente.

"Non posso farci niente se c'è pieno di pazzi qui al locale," si difese Jessyka. Aveva raccontato alle sue amiche tante storie di avvenimenti incredibili, avvenuti nel locale tra persone che bevevano troppo. "Una volta c'era un gruppo di donne che cercava di fare un giro di shot bevendoli dal lato opposto del bicchierino!" Le donne risero di nuovo a gran forza.

"Ehi, noi eravamo davvero brave!" si vantò Summer, sapendo esattamente di cosa stava parlando Jessyka.

"Sì, lo eravate davvero. Dovrete insegnarci come si fa!" commentò Jess sorridendo. Non si ricordava l'ultima volta che aveva riso così tanto. Sentendo il cellulare che le vibrava in tasca, Jess lo estrasse, aveva voglia di leggere cose le scriveva Kason. Era pronta a tornare a casa da circa un'ora, ma non voleva essere la prima ad abbandonare la festa.

Ho preso il tuo ragazzo. Non spifferare alle altre o lo uccido. Vieni fuori dalla porta sul retro.

Jess si fece subito seria e rilesse il messaggio. Sembrava provenire dal telefono di Kason. Le stava facendo un brutto scherzo?

Tien su i pantal Kason, torn a cas prsto

Spense lo schermo e alzò la testa, pronta a condividere l'impazienza di Kason con le sue amiche. Nelle ultime ore, Jess aveva imparato che tra loro non si tenevano segreti, le piaceva molto quella apertura, quell'atteggiamento sincero senza pregiudizi, con le sue nuove amiche.

Il suo cellulare vibrò di nuovo e Jess sorrise, abbassando lo sguardo per vedere la replica di Kason. Invece trasalì. Non c'era scritto nulla, era una foto di Kason seduto nel retro di una macchina. Era evidentemente privo di sensi, sul lato del viso aveva del sangue. Mentre cercava di capire se quel che vedeva era vero, ricevete un altro messaggio.

Lo ammazzo cazzo e non ci penso due volte. Porta fuori il culo e se dici qualcosa a qualcuno, se li avverti, lo scoprirò e lui morirà.

Jess cercò di pensare alla svelta. Mai e poi mai avrebbe potuto sgattaiolare sul retro. Dude e Cookie erano troppo ossessionati dalla loro sicurezza, controllavano specialmente il corridoio che portava sul retro. Poi non credeva che le ragazze l'avrebbero lasciata andare in bagno da sola, se si fossero avviate in bagno, uno dei ragazzi le avrebbe seguite.

Non pss uscire dal retr. Dev uscir davanti. Non frgl male. Arriv

Jess cercò di non andare nel pallone. Non voleva finire come le tante ragazze, che venivano ammazzate per una stupidaggine. Se fosse uscita dalla porta da sola, le sarebbe senz'altro andata male. Non voleva farsi rapire, ma come cavolo poteva fare? Jess sapeva che i ragazzi se ne sarebbero accorti rapidamente. Dovevano per forza accorgersene. Sapeva che Tex la stava monitorando. Non che se ne stesse sempre davanti al computer a guardare tutti i loro movimenti, per tutto il giorno, ma almeno si sarebbe accorto di qualcosa di strano, vedendo che era uscita dal bar per... ovunque l'avessero portata, una volta uscita. Possibilmente, da Kason.

La sfortuna era che nessuno aveva mai pensato di far monitorare gli *uomini*. Si erano sempre preoccupati per le donne. Avevano sempre avuto paura che una delle *donne* potesse essere rapita di nuovo. Nessuno aveva mai dubitato che uno degli *uomini* potesse essere in pericolo, essere rapito. Sarebbe bastato un misero dispositivo attaccato a un vestito, all'orologio, alla scarpa, e Kason non si sarebbe trovato in quel pasticcio. Diamine, *lei* non si sarebbe trovata nei guai.

Se Kason avesse indossato un dispositivo di monitoraggio, lei avrebbe potuto dirlo subito a Dude o a Cookie e se ne sarebbero occupati loro, mentre lei sarebbe rimasta al sicuro; ora invece si trovava in una posizione scomoda, se non si fosse comportata esattamente come le ordinava chiunque si fosse impossessato del telefono di Kason, avrebbe rischiato di perdere la cosa migliore che le era mai successa nella vita.

Jess non voleva rischiare di ignorare chi le scriveva, chiunque fosse, soprattutto perché non aveva idea di dove fosse Kason. Non sapeva chi potesse esserci dietro quel rapimento. Era qualcuno di una missione dei militari? Non credeva i ragazzi fossero così distratti da far sapere a qualche nemico dov'erano, ma non aveva la più pallida idea di chi altro potesse essere il responsabile. Jess aveva una paura folle, ma sapeva che l'unica possibilità di scampo per Kason era farsi portare da lui, sperando che Tex se ne accorgesse.

Hai tre minuti. Lo uccido se non arrivi.

Jess posò il telefono senza nemmeno curarsi di rispondere e respirò profondamente. Avanti tutta.

"Era Kason," disse alle altre, sperando di sembrare normale. "Mi aspetta fuori. Penso che sia troppo impaziente per aspettarmi. Credo che il messaggio che gli ho mandato abbia scatenato le sue fantasie, immagino." Jess rise, sapendo che quella risata non era la sua solita risata spensierata, del resto, come attrice, *non era* un granché.

"Non far nulla che non faremmo anche noi!" Caroline rise e scese dal suo sgabello per andare a salutare Jess con un abbraccio. "Usciamo presto di nuovo!"

Sembrava che Jess fosse riuscita a ingannare le sue amiche. Annuì in segno di consenso, abbracciò ciascuna delle sue amiche. Le strinse un po' troppo a lungo, un po' troppo forte, ma nessuno si accorse di nulla.

"Ora vado, salutate i ragazzi."

Annuirono tutte e tornarono a conversare tra loro. Jess respirò di nuovo profondamente. Una cosa era ingannare le sue amiche, tutta altra cosa era ingannare i SEAL. Quanto tempo era passato? Non ne aveva idea, ma sapeva di dover procedere.

Si avviò rapidamente verso Cookie e Dude. "Ehi ragazzi, Kason mi ha appena scritto, è qua fuori che mi aspetta. L'ho provocato un po' troppo prima che venissimo qua, penso." Guardò Dude. "Credo che quel discorsetto che avete fatto sia andato fin troppo bene. Ha detto che ha dei programmini per me, per questa notte." Jess sorrise verso Dude.

"Va tutto bene?! le chiese Dude, mettendole una mano sotto al mento.

Dannazione, evidentemente non era così brava a recitare come pensava. Jess chiuse gli occhi brevemente, pregando che la lasciassero andare. "Sto bene, Dude. Davvero. Cavolo, cosa può andare storto? Tex mi ha riempito di cimici. Non posso fare un passo senza che Tex e voi ragazzi sappiate dove vado, giusto?" Jess sapeva che stava un po' esagerando, ma doveva cercare di trasmettere degli indizi. Forse Dude e Cookie non avrebbero capito al volo, ma sperava che ci arrivassero al più presto.

"Giusto. Ricordati che puoi sempre dire di no, Benny si fermerà."

Jessyka arrossì. Santo cielo. Dude le stava parlando della sua vita sessuale, come se sapesse esattamente cosa le aveva riservato per quella notte Kason.

Dude ridacchiò. Ovviamente si godeva il suo imbarazzo. "Va bene, tesoro. Vai a casa. Ci vediamo presto."

Jess abbracciò Cookie e desiderò di tutto cuore di poter dire qualcos'altro a questi uomini. Sapeva che avrebbero reagito in un baleno, ma continuava a visualizzare le parole *Lo uccido* davanti ai suoi occhi, continuava a vedere la fotografia di Kason che giaceva immobile e sanguinante dalla testa. Non voleva rischiare la sua vita. I ragazzi avrebbero trovato ben presto sia lei che Kason, sperava.

Jess si diresse alla porta principale dell'*Aces*, chiedendosi se l'avrebbe mai vista ancora. Si voltò per salutare le altre. Le risposero tutte con un cenno, mentre lei sentiva le lacrime che le arrivavano agli occhi. Jess cercò di rimandare indietro le lacrime. Cavolo. Non voleva piangere. Doveva farsi forza. In quel momento indossava due dispositivi di tracciamento, sia Tex che gli altri potevano scoprire facilmente dove fosse. Dovevano.

Aprì la porta, uscì all'esterno e si guardò intorno. Jess non sapeva minimamente dove dovesse andare. Improvvisamente sentì un braccio che la circondava da dietro, poi un panno le fu spinto davanti alla bocca e davanti al naso. Cercò di lottare, ma fu sopraffatta rapidamente dai vapori provenienti dal panno. L'ultimo pensiero di Jess, prima di perdere i sensi, fu la speranza che Tex fosse davvero così bravo a ritrovare le persone, come dicevano tutti.

CAPITOLO QUINDICI

JESS ARRICCIÒ il naso e si girò per allontanare il fetore orrendo che le riempiva le narici. Visto che il tanfo non se ne andava, cercò di alzare una mano per prendersi a schiaffi e risvegliarsi da quello strano torpore, ma aveva la mano stretta in una presa rigida, che le bloccava entrambe le mani sul fianco.

Infine aprì gli occhi e vide davanti a sé gli occhi marroni del suo ex. Le teneva una capsula bianca sotto al naso, aveva un odore molto irritante.

"Brian," sussurrò.

"Sì, sono io, piccola. Contenta di vedermi?"

Jess cercò di liberarsi dalla sua presa. "Lasciami andare."

"Farai esattamente come dico, se vuoi che il tuo caro e prezioso SEAL viva. Capito?"

"Dov'è? Cosa gli hai fatto?" Jess si rifiutava di cedere

a Brian di nuovo. Forse non era la reazione più intelligente, ma che cavolo. Aveva finito di fuggire da lui come una codarda. Aveva sentito tutte le storie drammatiche di Caroline e delle altre sue amiche, erano state molto coraggiose, lei avrebbe fatto altrettanto.

"Ho fatto a lui solo quello che i suoi amici hanno fatto a me. Aspettavo questo momento da tanto tempo. Forza, bimba, andiamo."

Brian tirò in piedi Jess sempre tenendole strette con forza le mani sul fianco. Lei cercò di divincolarsi, sempre combattendo l'effetto del cloroformio.

"Adesso devi camminare, stronza. L'ho nascosto nel bosco, così non ci creerà problemi. Non volevo che quegli stronzi dei suoi amici lo trovassero prima che avessi finito con lui... e con te."

Brian spinse Jess verso gli alberi vicini al punto in cui aveva parcheggiato. Si trovavano nello stesso parco in cui Kason l'aveva portata in passato, quando voleva parlarle. Jess trattenne un sorriso amaro. Che coincidenza ironica.

Inciampò nel terreno dissestato e cercò di tenere il passo. Brian aveva una lampada sul cappello, per poter veder meglio dove andava, ma Jess doveva affidarsi esclusivamente alla debole luce che le arrivava, per vedere dove metteva i piedi. Ogni volta che inciampava, Brian la strattonava. Ogni volta che le metteva le mani addosso, lei cadeva. La lunghezza diversa delle sue gambe non l'aveva mai aiutata a camminare, non era certo facile per lei attraversare il bosco nel bel mezzo della notte, tra l'altro nemmeno su un sentiero.

Cadde per la decima volta, Brian tornò indietro e le sferrò un calcio all'anca, ferocemente. "Alzati, cazzo, troia! Te lo giuro su Dio, davvero non so proprio come ho fatto a perdere così tanto tempo con te."

Cercando di ignorare il dolore al fianco, nella speranza che non si gonfiasse troppo prima di dover tornare a camminare, Jess chiese: "Allora, *come* hai fatto, Brian? Se mi odiavi così tanto, perché cavolo mi hai chiesto di trasferirmi da te?"

"Tammy aveva bisogno di una cazzo di *babysitter*. Tu eri disponibile. Quindi abbiamo deciso di prenderti."

Jess fissò Brian sbalordita. "Avete deciso di *prendermi*? Tutto qua? Per usarmi?"

"Sì, tutto qua. Servivi a uno scopo. Poi quella stupida stronza si è ammazzata. Stavamo guadagnando pure bene, con lei."

"Cosa?" rispose Jess sbalordita, non credendo alle proprie orecchie.

Brian si accovacciò vicino a Jess, con un sorriso maligno in volto. "Sì, era brava a scoparsi i miei amici. Ci pagavano con droga e si prendevano... una bella fighetta. Peccato che fosse così grassoccia, però, potevamo guadagnare il doppio, se non avesse avuto quel culo grasso."

A Jess si annebbiò la vista. Non aveva la più pallida idea che Tabitha venisse usata sessualmente. Per nulla. Si fidava di Brian. Anche se alla fine non le piaceva molto, come persona, non immaginava *affatto* che fosse così perverso. Lo spinse più forte che poté. "Era tua nipote! Come hai *potuto* farle questo? Sei un *pazzo*!"

Brian si alzò e tirò Jessyka per i capelli. Mentre lei si alzava a fatica, cercando di alleviare la pressione ai capelli, Brian mise la faccia contro quella di lei e gridò: "Era buona solo a scopare. Io mi prendevo la droga e lei si prendeva dei cazzi. E poi, a chi pensi che sia venuta l'idea? Esatto, proprio a quella puttana di sua madre. Non te la prendere con me, Jess, facevo solo quello che chiedeva mammina."

Jessyka si sentì nauseata. Aveva vissuto con Brian per anni. Non aveva mai capito l'inferno che attraversava Tabitha. Non la meravigliava che si fosse tolta la vita. Non si era uccisa perché Jess se ne stava andando via, anzi, la ragazzina aveva preso spunto da quell'evento per porre fine ai suoi tormenti. Diamine, per quanto ne sapeva Jess, Brian probabilmente aveva detto a Tabitha che avrebbe fatto del male a *lei* se non avesse obbedito.

"Ora, *cammina*. Altrimenti ti trascino per i capelli, stronza."

Jess sapeva che Brian avrebbe fatto proprio come minacciava. Non aveva mai avuto tanta paura di lui come in quel momento. In passato, aveva temuto di essere spintonata, picchiata. Ma ora che conosceva la sua depravazione? Ora che sapeva quel che aveva fatto a Tabitha? Jess era terrorizzata. Dov'era Kason? Cosa gli aveva fatto Brian? Per la prima volta, Jess capì che Brian poteva anche averlo già ucciso. Evidentemente era abbastanza folle da farlo.

Jess camminava stentatamente davanti a Brian quanto meglio poteva. Il fianco le faceva male, più che mai. Il calcio di Brian di certo non l'aveva aiutata. Quel dolore le ricordava di quella volta che aveva deciso di partecipare a una camminata di beneficenza di cinque chilometri. Ci era riuscita, ma poi il fianco le aveva fatto male per almeno una settimana. La differenza nella lunghezza delle sue gambe non le permetteva di camminare molto a lungo, men che meno poteva fare una marcia forzata su un terreno difficile come quello.

Jessyka cadde altre volte, ma Brian non la prese più a calci, continuò a tirarla e a spingerla, per costringerla a procedere.

Infine, Brian si arrestò e prese Jess per un braccio. Poi le indicò un punto sulla destra, come sapendo esattamente dove dovevano andare. "Per di là."

"Cosa? Dove?"

Brian la spinse forte, tanto da farla cadere in ginocchio. "*Di là.*"

Jess alzò la testa e vide che Brian indicava una radura tra gli alberi. Come diamine faceva Brian a sapere dove andare? Jess non riusciva a vedere alcuna differenza tra gli alberi da cui arrivavano e quelli che avevano davanti, specialmente al buio. Non aveva idea di quanta strada avessero già percorso. La sua andatura asimmetrica la ingannava. Potevano essere due chilometri, o anche cinque.

Jess si alzò lentamente, cercando di sopportare il dolore in silenzio senza gemere, poi si avviò verso il punto indicato da Brian. Spostò dei rami dal suo cammino e improvvisamente si trovò davanti al volto di Kason. Aveva la faccia completamente livida.

CAPITOLO SEDICI

"Guarda un po'" chi ti ho trovato, bel SEAL!" Brian disse con tono irrisorio, mentre appoggiava la torcia ai rami di un albero vicino. Ignorando lo sguardo arrabbiato di Kason, Brian appoggiò lo stivale al sedere di Jess e la spinse fino a farla cadere per terra con un urlo, proprio davanti a Kason.

Jess sentì il lamento di Kason e lo vide lottare contro le funi che lo legavano al tronco enorme di un albero. Lo fissò, sgomenta.

Kason aveva del sangue secco sul lato della faccia, il taglio che aveva alla tempia era evidente. Brian gli aveva avvolto in testa una fascia, ficcandone un'estremità anche in bocca, per ammutolirlo per bene. Sembrava legato da chilometri di funi. Aveva le mani dietro la schiena, il suo corpo era in posizione strana, scomoda, perché la schiena non poteva appoggiarsi all'albero a cui era legato. Aveva le gambe legate insieme all'altezza delle caviglie, avvolte dalla stessa fune che lo legava all'albero, all'altezza delle ginocchia, su fino alle cosce. Non aveva le scarpe, non indossava nemmeno le calze.

Chissà come, fu la vista dei suoi piedi nudi, così vulnerabili in mezzo alla foresta, a colpire di più Jess. "Mi dispiace," sussurrò, prima che Brian la afferrasse per i capelli e la tirasse di nuovo in piedi.

"Cazzo!" Jess non riuscì a trattenere quella parola.

"Adesso non è così forte e potente, vero?" mormorò Brian nell'orecchio di Jess, come fosse stato un amante premuroso che sussurrava parole dolci. "Adesso lo sa come ci si sente impotenti, proprio come è successo a me quando i suoi amici sono venuti a trovarmi. Se vuoi sapere cosa penso, a me sembra uno scambio alla pari." Brian gettò Jess lontano, facendola ritrovare a terra in ginocchio, davanti a Kason. Era stufa di cadere per terra.

Jess pensò rapidamente. Doveva fare qualcosa. Brian era matto da legare. Non voleva nemmeno immaginare cosa intendesse fare loro, doveva solo guadagnare tempo, aspettare che gli altri li trovassero. Lei non era una SEAL, non era una militare. Anzi, Brian era molto più grosso di lei, non poteva certo competere. Magari poteva in qualche modo ingannarlo.

Kason era il più vulnerabile, in quella situazione. Certo, era un SEAL, un super soldato, ma era legato così stretto che non avrebbe mai potuto liberarsi.

Infatti, se avesse potuto liberarsi, lo avrebbe fatto mentre Brian tornava al bar per andarla a prendere. Toccava a lei, salvarlo. Una volta tanto, i ruoli si erano ribaltati. Toccava a lei proteggere Kason, fino a quando i suoi amici li avessero trovati. Lei non aveva dubbi che sarebbero arrivati. Era il loro mestiere. Doveva solo fare in modo di guadagnare un po' di tempo per sé e per Kason.

Il terrore che Jess aveva provato, dal momento in cui aveva capito che Brian aveva rapito sia lei che Kason, si sciolse, fu pervasa da una sensazione di tranquillità. Non aveva idea se era una reazione normale anche per Kason e per gli altri, quando erano in missione, ma avrebbe seguito quella sensazione nuova, strana.

Jess guardò di nuovo Kason e mimò con le labbra: "Ti amo." Poi si rivolse a Brian. Ignorando i suoni che provenivano da Kason, disse: "Brian, davvero, perché non me l'hai detto prima? Pensi davvero che volessi avere a che fare con Tabitha? Sul serio? Era *davvero* grassa. Uscire con lei mi imbarazzava parecchio. Ma lo sai quanto mangiava? Santo cielo, mi faceva quasi impressione. Uscivo con lei solo perché cercavo di fare quello che pensavo *tu* volessi da me."

Brian non sembrava convinto. Jess continuò a parlare, rimanendo per terra, cercando di non sembrare aggressiva.

"Sai il giorno che ha preso tutte le pillole? Gliele ho comprate io." A Jess si rivoltava lo stomaco, per le bugie che stava dicendo a Brian, ma *doveva* convincerlo a crederle. "Ne avevamo parlato. Oh, non mi aveva detto che faceva sesso con i tuoi amici, ma mi aveva detto che voleva provare le pillole per vedere se stava meglio. Io l'ho anche incoraggiata un pochetto."

Jess sentiva gli occhi di Kason su di lei, dietro la testa, ma andò avanti. "Le ho detto che forse se una pillola le faceva piacere di più il sesso, magari prendendone di più sarebbe stato anche meglio. Mi ha chiesto quante doveva prenderne, le ho risposto di prendere tutto il flacone."

Allo sguardo incredulo di Brian, lei si affrettò. "Lo so, è del tutto ridicolo, ma lei ci ha creduto, si fidava di me. Le ho detto di prenderle appena me ne andavo, così le avrebbero fatto effetto prima che i tuoi amici arrivassero. Non era poi così intelligente."

"Dicevi sempre che *era* intelligente," disse secco Brian.

"Beh sì, non volevo offenderti. In fondo *era* tua nipote! Se solo mi avessi *detto* che ti serviva esclusivamente per la droga, non l'avrei incoraggiata così tanto. Ma tu ti lamentavi sempre di lei. Pensavo di farti un favore!"

Jess cercò di non vomitare. Inviò una preghiera silenziosa a Tabitha, chiedendole perdono per le porcherie estreme che le uscivano dalla bocca. Jess non osava immaginare cosa potesse pensare Kason di lei in quel momento, ma continuò a parlare.

"E poi, Brian, adesso che l'ho fatto con lui," Jess indicò col pollice dietro la sua spalla, verso Kason.

"Adesso ho capito. So cosa ti piace, adesso. Piace anche a me. Voglio farlo anche con te così. Noi siamo sempre stati tutti dolci e mielosi. Scommetto che non è quello il modo in cui ti piace *davvero*, non è così?"

Il cuore di Jess batteva all'impazzata. Stava arrivando al nucleo del suo piano, doveva fare molta attenzione per non mandare tutto all'aria.

Vedendo gli occhi di Brian accendersi di interesse e di desiderio, Jess si spinse oltre. "Sì, scommetto che ti piace legare la tua donna, vero? Lui mi ha legata, una volta, e mi è piaciuto. Lo so che ti piace tirarmi per i capelli, ma non l'hai mai fatto a letto. Però è eccitante."

Jess si portò le mani dietro la schiena, sotto la camicetta. Si slacciò il reggiseno e continuò a parlare, mentre Brian seguiva le sue mosse con gli occhi. "Non ho mai nemmeno provato le droghe. Scommetto che diventa ancora più eccitante, così, vero? Ti fa sentire come in volo?" Jess abbassò una spallina del reggiseno ed estrasse il braccio, tenendosi coperta con la camicetta mentre si muoveva. "Non hai mai provato a possedere la stessa donna coi tuoi amici? Un'altra cosa che non abbiamo mai provato insieme. Kason era troppo possessivo. Ma scommetto che le mani dei tuoi amici mi piacerebbero, sulle tette, mentre tu me lo ficchi dentro."

Jess tirò fuori l'altra mano dal reggiseno e se lo tolse completamente. Lo fece cadere dietro la schiena, per terra, sempre ignorando i suoni furiosi che provenivano da Kason. Il suo respiro era affannato. Jess non era sicura di uscirne tutta d'un pezzo, ma ce la stava mettendo tutta. Inarcò la schiena e si mise le mani sui fianchi, facendo in modo che così la sua camicetta si tendesse bene, per far vedere bene i suoi capezzoli, che nel freddo della notte si vedevano chiaramente sotto il tessuto tirato della camicetta. Poi si alzò lentamente, sempre parlando.

"Non hai mai provato, Brian? Che ne dici di una scopata con una donna priva di sensi? Come si chiama? Una scopata ipnotica? Scommetto che sarebbe divertente. Immagina di poter fare tutto quello che vuoi, con una persona che non si lamenta di nulla. Non dico di voler essere io quella drogata, però mi piacerebbe stare a guardare." Jess rise, sperando che a Brian la sua risata non sembrasse troppo fasulla.

"Quali sono le tue fantasie, Brian?" Jess trattenne il fiato. Poteva andare tutto a rotoli in un baleno, ma doveva assolutamente fare qualcosa.

"La mia fantasia è scoparti proprio qui, davanti a questo imbecille. Voglio ficcarti il mio uccello in gola fino a strozzarti, voglio vedere a che punto arrivi prima di avere i conati di vomito. Ti piacerebbe, Jess?"

Jess trasalì. Merda. "Oh sì, sai che mi è sempre piaciuto il tuo uccello. Che altro? Ti piacerebbe se mi dimenassi, vero?"

"Oh, sì, perché poi diventerebbe perfetto quando ti arrendi e accetti l'inevitabile."

"E se prima dovessi rincorrermi?"

I suoni che provenivano da Kason ora non si fermavano più. Grugniva e cercava ovviamente di parlare, ma

Jess lo ignorava. Sembrava aver capito il piano e non gli piaceva.

"Pensi di potermi scappare, Jess?" le chiese Brian, sbuffando. "Ma se zoppichi. Non faresti cinque passi e ti raggiungerei subito."

Jess alzò le braccia e si raccolse i capelli sulla testa, inarcando la schiena allo stesso tempo. Sapeva che i suoi senti le rimbalzavano sotto la camicetta, aveva i capezzoli turgidi dalla paura. Piegò un fianco di lato, ignorando la fitta di dolore che le provocò quel movimento.

"Ma certo che non posso sfuggirti. Lo sai che cammino male, non posso correre, con questo fianco. Ma puoi sempre lasciarmi un po' di vantaggio... così diventa più eccitante anche per te."

Jess rimase così, come in posa, gioendo del fatto che Brian stava considerando seriamente la sua proposta. Così cercò di rendere la posta ancor più gustosa. Abbassò le braccia e se le mise ai fianchi. "Senti cosa ti dico, dammi un paio di minuti di vantaggio. Puoi guardare da che parte vado. Se mi raggiungi in due minuti, lascerò che mi scopi, anche insieme ai tuoi amici, basta che mi dai un po' della tua droga."

"E se impiego più di due minuti?"

Jess avrebbe voluto saltare dalla gioia, pur sapendo di essere ancora nei guai fino al collo. Ma almeno lo aveva agganciato. Brian sembrava interessato.

"Allora niente amici, ma ti lascerò ficcare il tuo uccellone nella mia gola proprio qui, nel bosco."

In quel momento, Jess non riuscì a trovare soluzione

migliore. Sperava che Brian fosse abbastanza cazzone da credere di poterla raggiungere entro lo scadere dei due minuti. Sperava tanto che Tex e gli amici di Kason la trovassero in fretta.

"Oh, il mio uccello lo prenderai, Jess, in ogni caso, due minuti o due secondi che siano."

Jess sorrise, sperando di sembrare seducente a Brian.

"Però sembra che il tuo ragazzo non sia troppo contento."

Jess non voleva voltarsi a guardare Kason. Le sue parole la disgustavano, poteva immaginare a malapena i pensieri di Kason. Ma sapeva che Brian gliel'aveva fatto notare perché voleva che si voltasse, e così fece.

Kason aveva il viso preso dalla furia, proprio come immaginava Jess. I suoi occhi erano in fiamme. Aveva le dita dei piedi sollevate, ogni muscolo del corpo in tensione. Ma oltre alla furia, Jess intravide preoccupazione, compassione, perfino amore nei suoi occhi. Distolse subito lo sguardo. Cavolo. Non sarebbe riuscita nel suo piano se avesse continuato a guardare Kason. Doveva mantenere il distacco.

"Allora, vuoi giocare a guardie e ladri?"

Brian sollevò la testa e rispose: "Lo sai, adesso mi dispiace non avertene parlato prima. Se avessi saputo che puttanella in calore sei, ci saremmo divertiti molto di più."

Jess sorrise e fece l'occhiolino a Brian, ma non rispose.

"Ma sì, perché no, ci sto. Non ho niente da perdere.

Non potrai certo sfuggirmi, con quella gamba sbilenca. Sarà bellissimo sentirti urlare mentre ti prendo, Jess. Eri sempre come un pesce lesso, sotto di me, ferma immobile. Non vedo l'ora di sentire i tuoi lamenti, mentre ti prendo come voglio, quanto voglio, quando voglio. I tuoi due minuti cominciano... *adesso*!"

CAPITOLO DICIASSETTE

Wolf sorrise a Caroline, che era sul sedile dell'auto, di fianco a lui. Era stanca, anche per l'alcol che aveva bevuto quella sera con le amiche. Si voltò verso di lui.

"Ti amo, Matthew."

"Anch'io ti amo, Ice. Ti sei divertita?"

"Ma certo."

Wolf appoggiò una mano alla coscia di Caroline e la mosse verso l'alto. "Stanca?"

Caroline mise una mano su quella di lui, che si muoveva sul suo corpo. "Mai troppo stanca per te."

Si sorrisero, finché la luce del semaforo non divenne verde e Wolf dovette riportare l'attenzione alla strada.

Wolf sentì il telefono che gli vibrava in tasca, così sporse il fianco verso Caroline e le disse: "Ice, puoi prendermi il cellulare dalla tasca per vedere di cosa si tratta?"

Caroline afferrò il sedere di Matthew e gli tirò fuori il telefonino dalla tasca posteriore. Poi sorrise al gemito di lui, dicendogli sottovoce: "Stai attento che se no te la faccio pagare dopo."

Caroline sorrise e portò lo sguardo sul telefonino. Fece scorrere il dito sullo schermo, digitò il PIN di Wolf e cliccò il testo del messaggio. Era di Tex. Caroline sbiancò. Era tardi, in California, ma in Virginia era davvero *molto* tardi.

"Di chi è?"

"Tex."

Wolf si sistemò sul sedile, perdendo la scioltezza di poco prima. "Cosa vuole?"

Caroline lesse il messaggio e aggrottò le sopracciglia, confusa. "Non ne ho idea."

"Cosa dice?"

Cosa cavolo ci fa Jessyka in mezzo al parco Brant?

Il telefono cominciò a suonare in mano a Caroline. Lei trasalì e quasi lo lasciò cadere, ma poi lo passò subito a Matthew, sapendo che qualcosa non tornava.

Wolf prese il suo telefono e vide che era Abe a chiamare, così passò il dito sul telefono per rispondere.

"Sì?"

"Hai ricevuto il messaggio di Tex?"

"Cazzo. Sì, anche tu?"

"Sì."

"Chiama Cookie, io chiamo Dude. Vediamo se sanno di cosa parla Tex."

Wolf chiuse la conversazione e si prese il tempo di domandare qualcosa velocemente a Caroline, prima di telefonare a Dude. "Jess era con voi stasera, vero?"

"Sì, è andata via intorno alle undici." Caroline guardò il suo orologio. "Circa quaranta minuti fa. Ha detto che Kason le aveva scritto e che non vedeva l'ora di tornare a casa. Ha salutato prima noi e poi i ragazzi, uscendo dalla porta principale."

Wolf non rispose, digitò rapidamente il numero di Dude.

"L'ho ricevuto anch'io," disse Dude rispondendo subito.

"Hai percepito qualcosa di strano, quando Jess se n'è andata, stasera? Ice ha detto che aveva ricevuto un messaggio da Benny e che ha deciso di andarsene."

"Non proprio, altrimenti non l'avrei fatta andar via. Però alla luce di quanto sta succedendo adesso, ricordo che ha fatto un commento, ha detto che era tutta piena di rilevatori e che Tex la poteva trovare ovunque, se necessario."

"Lo sapeva," dedusse Wolf rapidamente.

"Sì, lo penso anch'io," concordò Dude.

"Perché non ha detto anche a voi che c'era qualcosa che non andava?" Wolf non riusciva a capire cosa avesse in mente Jess.

"E se il messaggio che ha ricevuto non fosse in realtà di Benny?"

"Cazzo."

Wolf cambiò direzione e si diresse verso un enorme parcheggio. Fece inversione di marcia nel parcheggio e tornò sulla strada. "Tornate al bar, ci vediamo là. Cerco Benny, poi Tex."

Wolf chiuse la conversazione senza nemmeno salutare. Caroline rimase in silenzio vicino a lui. Wolf si prese un momento per portare una mano dietro la testa di Caroline, accarezzandola per rassicurarla, poi visualizzò sul telefono il numero di Benny.

Il telefono squillò, ma dopo quattro squilli partì la segreteria. "Cazzo." Wolf non tentò di richiamare. Se Benny non rispondeva, c'era qualcosa di terribilmente sbagliato. Così Wolf fece il numero di Tex.

"Non sono riuscito a contattare Benny," disse Tex, rispondendo al telefono.

"Neanch'io. Ho sentito i ragazzi, ci troviamo all'*Aces*."

"Va bene, siete tutti grosso modo alla stessa distanza. Immagino che Jess non dovrebbe trovarsi in mezzo al Brant Park?"

"Col cazzo."

Wolf sentì da lontano Tex che digitava sulla tastiera. "Va bene, si sta addentrando nel bosco. Sembra diretta proprio nel centro del parco."

"Tienimi aggiornato, telefonami se cambia qualcosa."

"Lo farò."

La telefonata fu interrotta.

Caroline sussurrò dal sedile di fianco a Wolf. "Cosa sta succedendo, Matthew? Qualcuno ha preso Jess?"

Wolf sospirò. "Sì, Ice. Penso che qualcuno abbia preso Jess."

"Non capisco. È andata fuori sapendo che qualcuno la aspettava?"

"Cosa faresti, se qualcuno mi minacciasse e ti dicesse che, se non fai quanto ordinato, mi farebbero del male?" Wolf conosceva la risposta di Caroline, non si aspettava che lei rispondesse verbalmente.

Caroline guardò Matthew spaventata. "Santo cielo. Non ci abbiamo nemmeno pensato."

"Già," Wolf concordò con una smorfia e spinse al massimo il pedale dell'acceleratore. La squadra doveva capire cosa stesse succedendo, e anche alla svelta. Non era in pericolo solo una delle donne, sembrava che anche un loro compagno stesse rischiando.

———

Jess correva più forte che poteva. Sapeva di non potersi muovere abbastanza alla svelta, ma più riusciva ad allontanarsi da Kason, più possibilità avevano Tex e gli altri della squadra di trovarlo prima che Brian potesse tornare indietro e fargli del male, dopo aver finito con lei.

I rami graffiavano il viso di Jess, che correva alla cieca, al buio. Aveva cominciato a correre in direzione opposta rispetto al punto in cui Brian aveva lasciato la macchina, poi appena le foglie l'avevano nascosta agli occhi di Brian, aveva cambiato direzione ad angolo retto. Poi cambiò direzione di nuovo, sperando di tornare indietro, da dove era arrivata. Jess non aveva idea di dove si trovava, non sapeva quanto era lontana. L'unica cosa che le interessava era mantenere la massima distanza da Brian.

Se Brian l'avesse presa, le avrebbe fatto del male. Jess lo sapeva, non era una cretina. Ma sapeva anche che, se Brian si fosse preso il tempo di fare tutte le cose che lei gli aveva detto, provocandolo, allora Kason avrebbe avuto più probabilità di liberarsi, oppure di venire salvato dalla sua squadra.

Mai e poi mai avrebbe potuto distanziare Brian, ma procedendo abbastanza a zig-zag, cercando di nascondersi, più che di correre, forse, magari, avrebbe guadagnato abbastanza tempo per sé e per Kason.

Jess non riusciva ancora a credere che Brian e Tammy fossero così pazzi e spietati. Si rifiutò di piangere per Tabitha in quel momento. Quella ragazzina doveva essere stata assai confusa e spaventata. Scuotendo la testa, Jess cercò di togliersi quei pensieri. Doveva trovare il modo di tirare fuori da quel casino sia se stessa che Kason. Al lutto avrebbe pensato dopo... se avesse avuto un "dopo".

Jess aveva lasciato sul posto il suo reggiseno di proposito, perché sapeva che conteneva un dispositivo di monitoraggio. Quello spogliarello improvvisato serviva a distrarre Brian, ma era anche l'unico modo per lasciare un segnale vicino a Kason. Jess aveva uno di quegli aggeggi anche nella scarpa, ma non avrebbe mai potuto abbandonare una scarpa, specialmente perché doveva correre in quel dannato bosco. Quindi si era dovuta togliere il reggiseno.

Jess cadde per la quarta volta, ma si costrinse immediatamente a rialzarsi. Doveva continuare a muoversi. Non poteva fermarsi. Il dolore di ogni passo significava anche un passo verso la salvezza, così almeno sperava, ma più importante ancora era allontanarsi da Kason e dal pericolo che sarebbe stato per lui un Brian incazzato.

———

Wolf accostò al parcheggio dell'*Aces* e frenò bruscamente. Tirò il freno a mano e si sbrigò a raggiungere i suoi amici.

"Niente?"

"No, qua non c'è niente fuori posto," rispose Mozart con voce decisamente professionale.

Gli uomini si raccolsero in gruppo, cercando di scoprire cosa fosse successo, quando Alabama li chiamò dall'altra parte del parcheggio.

"Penso che quella sia l'auto di Kason!"

Tutti gli uomini si voltarono e si diressero verso il punto che aveva indicato Alabama. Merda, erano proprio agitati. Avrebbero dovuto vedere la sua macchina fin da subito, invece si erano sbrigati a parlare insieme, senza prima perlustrare la zona. Dovevano muoversi meglio, se volevano togliere Benny dai casini, quali che fossero. Camminarono intorno all'auto senza toccare nulla.

"Non sembra manomessa," osservò Abe. "Ma perché Benny avrebbe parcheggiato qui, invece che davanti all'uscita?"

"E se fosse stato attirato qui?" suggerì Cookie.

Wolf estrasse il suo cellulare e telefonò a Tex, mettendolo in vivavoce. "La macchina di Benny è qui."

"Aspettate."

La squadra attese con impazienza che Tex cercasse qualcosa sul suo computer. Sapevano tutti che ogni momento poteva fare la differenza. Era sempre così. Ogni attimo contava. Ricordavano tutti il modo in cui era stata salvata Cheyenne. Se avessero aspettato troppo tempo, le bombe che le avevano attaccato al corpo sarebbero esplose, uccidendo lei insieme a qualche centinaio di persone.

"Benny ha ricevuto una telefonata dal bar verso le dieci. La chiamata è durata circa venti secondi," disse Tex con tono brusco.

"Va bene, allora qualcuno lo ha attirato qui dicendogli che stava succedendo qualcosa e che doveva tenere la sua presenza sotto tono, rimanere defilato." Wolf cominciò a camminare in cerchio, guardandosi intorno e ragionando su cosa poteva essere successo quella sera. "Non ha telefonato a noi, quindi chi lo ha chiamato probabilmente ha minacciato in qualche modo Jess." Wolf si diresse verso il lato del locale. "Non voleva entrare dall'ingresso principale, quindi si è infiltrato di lato, pensando di riuscire ad entrare dal vicolo."

Wolf, Abe e Dude entrarono nel vicolo mentre Mozart e Cookie rimasero nel parcheggio, sorvegliando le donne, ora tutte raggruppate intorno alla macchina di Wolf.

La squadra perlustrò il vicolo per un po' di tempo, non trovando nulla che potesse aggiungere informazioni su quanto era successo al loro compagno.

"Là!" indicò Abe. Videro tutti delle macchie di sangue per terra, con il coltello militare di Benny aperto, pulito, abbandonato sulla strada.

"Allora, chiunque sia stato, ha preso di sorpresa Benny. Lo ha attaccato, poi ha inviato un messaggio a Jess dicendo che doveva uscire ed eseguire gli ordini, altrimenti Benny sarebbe stato ferito o ucciso."

"Ho la sensazione che sia proprio così, Wolf," disse Tex al telefono, che Wolf teneva ancora in mano. "Sono entrato nel telefono di Jess. Mando ad Abe la foto che è stata inviata a Jess dal telefono di Benny."

Tutti gli uomini attesero, finché il telefono di Abe vibrò e tutti si raccolsero intorno a lui.

"Dannazione!" esclamò Dude, dopo aver visto sullo schermo la fotografia di Benny privo di sensi e sanguinante. "Normale che abbia fatto quello che le chiedevano, dopo aver visto questa foto."

Wolf stava tornando al parcheggio. "Novità su Jess, Tex?"

"È ferma da circa sette minuti. Sempre in mezzo al parco."

"Va bene, ora ci dirigiamo al parco," gli disse Wolf. "Ti tengo in vivavoce sul telefono, fammi sapere se ci sono novità."

Wolf si avviò a grandi falcate verso le cinque donne che erano in piedi vicino alla sua macchina. Prese Caroline tra le braccia, appena la raggiunse. "Andiamo a riprenderli. Voi ragazze dovete rimanere qui nel locale. Non muovetevi per nessuna ragione, finché non torniamo. Non importa se ricevete un messaggio o una telefonata. State...qui! Capito?"

Ice strinse il suo uomo tra le braccia, poi si allontanò. "Capito, Matthew. Tex ci può controllare. Voi andate."

Wolf amava Caroline. Era una donna tosta quando serviva, molto pratica in ogni occasione. Sapeva sempre cosa dire per calmarlo. "Grazie, Ice." La baciò una sola volta, con grande passione, poi si allontanò. Vide anche i suoi compagni salutare appassionatamente le rispettive compagne, per poi girarsi verso di lui.

"Prendiamo la mia macchina e quella di Dude. Diamoci da fare."

Gli uomini annuirono d'accordo; senza dire una parola si divisero nelle due auto e si diressero verso Brant Park per ritrovare il loro compagno e la sua donna.

———

Quando Brian la raggiunse, Jess fece un verso e cadde con le ginocchia, poi con la pancia. La luce della lampada che Brian aveva sul cappello faceva un chiarore abbagliante. Jess sapeva che l'avrebbe raggiunta, era solo una questione di tempo... ma era riuscita ad arrivare più lontano di quanto credeva di poter fare. Brian fece girare a forza Jess, mettendola supina. Le prese entrambi i polsi, costringendoli sopra la testa di lei. Poi le sbuffò in faccia, Jess scattò come per allontanarsi dalla luce che la abbagliava.

"Presa." Brian canticchiò e poi rise da solo.

"Mi hai presa!" disse Jess, sempre cercando di guadagnare tempo.

"Ci puoi giurare." Brian fece alzare in piedi Jess e la spinse fino a raggiungere una specie di radura. La spinse di nuovo, Jess cadde in ginocchio, con le mani a terra. Oddio, avrebbe avuto lividi su mani e ginocchia prima che tutto quel dramma finisse. Prima che potesse muoversi, Brian le fu dietro. Le prese i fianchi e glieli tirò fino ad appoggiarle l'uccello contro il sedere. La spinse di nuovo, proprio come aveva promesso, descrivendole ciò che avrebbe fatto.

Jess bloccò la voce di Brian, rifiutando di ascoltare le parole disgustose che gli uscivano di bocca, guardandosi intorno alla ricerca disperata di qualcosa da poter usare come arma. In quella piccola radura c'era molta spazzatura, ovviamente quel punto veniva usato da qualche senzatetto, ogni tanto.

Jess guardò a destra e vide l'ultima cosa che si aspettava di trovare in mezzo al bosco. Era un mattone spezzato. Jess non aveva idea da dove venisse, forse qualche senzatetto l'aveva portato nel bosco pensando di poterlo sfruttare, ma comunque non importava... in quel momento era un dono dal cielo.

Se solo fosse riuscita ad afferrarlo.

Brian la fece rialzare tirandola per i capelli, evidentemente era il modo in cui preferiva trattarla, poi la spinse contro un albero. "Adesso ti scopo proprio qua. Prenderai tutto come ti dico io. Riempirò tutti i tuoi buchi col mio uccello, poi torniamo dal tuo *boyfriend* e ti guarderò mentre *tu* gli pianti una pallottola in testa. Poi torni a vivere da me, voglio legarti al mio letto, sarai sempre a disposizione per i miei amici. Ogni volta che voglio della droga, li prenderai come vogliono, te ne starai zitta e tranquilla, altrimenti farò in modo che anche le tue amiche facciano una brutta fine. È quello che vuoi? Vuoi uccidere le tue amichette o i loro uomini? Scoperò anche loro, prima di ucciderle. Prova a fermarmi, Jess. Provaci se hai il coraggio."

Jess non riusciva a respirare. Non riusciva a pensare. Riusciva solo a immaginare Kason legato all'albero, col sangue che gli usciva dalla tempia, per il proiettile che Brian le aveva fatto sparare. Nella sua mente le immagini cominciarono a scorrere rapidamente una dopo l'altra. Alabama che giaceva a terra morta, Fiona legata che pregava gli amici di Brian di lasciarlo in pace. Cheyenne, Summer, Caroline. Non riuscì nemmeno a pensare agli uomini. Erano suoi amici. Mai e poi mai Brian avrebbe fatto tutto quel male. Era un mostro. Aveva venduto la nipote per droga, ferendola così tanto da non lasciarle altra via d'uscita se non il suicidio.

Jess scattò di fianco, allontanandosi da Brian e cogliendolo di sorpresa. Riuscì a fare tre passi incerti, prima che lui allungasse una gamba per farla inciampare. Jess cadde di nuovo a terra, Brian rise a crepapelle con la testa all'indietro."

"Cazzo, che bello. Stai cercando ancora di sfuggirmi. Quando imparerai che non sei nient'altro che una stronza sfigata, Jess? Nessuno ti vuole. Non vali niente, non sei nessuno. Pensi che abbia creduto alla storia triste che mi hai appena raccontato? Col cavolo, lo so che amavi quella stronzetta cicciotta. Adesso sei mia, non ti lascerò più andare via, non potrai andare da nessuno. Ti scoperò, i miei amici ti scoperanno, non riuscirai mai più a sfuggirmi. Ti incatenerò al letto, non vedrai mai più la luce del..."

La voce di Brian si interruppe all'improvviso. Non vide mai il mattone che lo colpì in faccia. L'ultima cosa che Brian provò fu quel senso di trionfo sulla donna stupida e sfigata che giaceva ai suoi piedi.

———

"Wolf, c'è un problema." Le parole di Tex erano secche e dirette. Wolf e Dude avevano appena parcheggiato all'ingresso di Brant Park. Nel parcheggio c'era un'altra macchina.

"Dimmi tutto," rispose Wolf a Tex, irrequieto.

"Adesso ricevo due segnali. Uno è fermo nello stesso posto da circa un quarto d'ora. L'altro si sta muovendo. Stava andando verso nord, poi e tornato indietro, adesso viene verso di voi, verso il parcheggio."

"Ma che cavolo?" intervenne Cookie stranito, sentendo le parole di Tex.

"Stiamo uniti più che possiamo, ma se i segnali si dividono e diventano troppo lontani, dovremmo seguirli separatamente," disse Wolf, già pronto a inoltrarsi tra gli alberi, nel parco.

Tutta la squadra concordò, seguendolo rapidamente, torce alla mano, illuminando la zona mentre cominciavano la ricognizione verso le coordinate dei rilevamenti.

"Che succede, Tex? So che non puoi vederci, i segnali sono sempre gli stessi?"

"Confermo. Uno è ancora immobile, l'altro adesso si è fermato. Dirigetevi verso nord-nord-ovest dal parcheggio, dovreste imbattervi in uno dei rilevatori."

Gli uomini si mossero più rapidamente. Avrebbero anche potuto correre tutta la notte, ma forse sarebbe bastato un tratto breve, prima di trovare uno dei dispositivi che indossava Jessyka.

Si affrettarono più che poterono. La posta era molto alta. Si erano già trovati in situazioni di vita o di morte, in passato, missioni in cui dovevano salvare altre donne, anche le loro; quella sera avevano una missione altrettanto importante, se non di più. Uno di loro era in pericolo. Non solo un uomo della squadra, ma anche la sua donna. Era una posta doppia.

"Tex?"

"Tutto fermo," disse Tex a Wolf, indicando che nulla era cambiato dall'ultima volte che avevano comunicato.

Wolf non rispose nemmeno, continuando a muoversi con gli altri della squadra. "Dividiamoci, non dobbiamo lasciarci sfuggire nulla," ordinò Wolf agli altri.

Gli uomini si sparpagliarono a circa tre metri di distanza, sempre dirigendosi a nord-ovest tra la fitta vegetazione, le loro torce illuminavano punti diversi, muovendosi all'impazzata.

Dude fu il primo a trovare Jess.

"Qui!"

Gli altri uomini cambiarono subito direzione, avvicinandosi a Dude.

Tutti e cinque si fermarono sul bordo di una radura, fissando la scena davanti a loro.

C'era Jessyka, con il suo ex, almeno sembrava essere Brian.

Dude si avvicinò lentamente alla donna di Benny.

"Jess? Sei al sicuro, adesso."

Jessyka non rispose. Era rannicchiata vicino al corpo di Brian, respirava a fatica. Teneva in mano un pezzo di mattone. Tutti poterono vedere che aveva la parte alta del corpo ricoperta di sangue.

Era evidente che Brian non sarebbe uscito vivo dal parco.

“Jess.” La voce di Dude si abbassò, poi usò la sua voce da dominante. “Metti giù il mattone.”

“No.”

Gli uomini si guardarono. La voce di Jess era strana.

“Non toccherà le altre. Non glielo permetterò.”

“Ormai non andrà più da nessuna parte. Ci pensiamo noi.” Dude cercò di ragionare con Jess.

“No! Ci penserò *io*. Non sono una sfigata. Glielo faccio vedere io chi è lo sfigato.”

Dude non riuscì a trattenere un sorriso fuori luogo, ma alla vista della donna che gli stava davanti e del teschio macellato di Brian, quel sorriso sparì in un baleno.

Wolf si era portato dietro Jess, Dude lo guardò negli occhi. Non avrebbero voluto agire in quel modo, ma dovevano portare via Jess. Dude fece un cenno al suo compagno.

Wolf si avvicinò a Jessyka da dietro e l’avvolse con le braccia, sollevandola da terra.

Jess gridò e tirò dei calci all’indietro, lasciando nel frattempo cadere quel mattone pesante. “No! Lasciami andare!”

“Shh, ora sei al sicuro, Jess. Sono Wolf. Sono qua con te.”

“Wolf! Vuole far del male a Caroline. Fermalo!”

Quelle parole affannate colpirono al cuore Wolf. “Non le farà più del male, dolcezza. Ci hai già pensato tu. Andiamocene.” Wolf fece girare Jessyka perché non vedesse il corpo di Brian a terra. "Parla. Siamo tutti qua. Tex ti ha trovata. Dov'è Benny?"

Quelle parole la fecero come svegliare di scatto, portandola indietro dai suoi pensieri. "Santo cielo, Kason!" Jess si agitò tra le braccia di Wolf finché non la lasciò abbastanza libera da potersi girare per guardarlo in faccia. Lo prese per la camicia, lasciando delle macchie rosso sangue sul blu scuro che indossava, lo guardò dritto negli occhi. "Kason! Dovete trovarlo! È ferito!"

"Va bene, Tex ci guiderà."

"Vengo anch'io."

"No, è meglio di no," Wolf non finì nemmeno di pronunciare quelle parole, che Jessyka aveva già fatto un passo indietro e si era messa a correre come poteva nel bosco, pur affranta dai dolori.

Cookie intervenne e la raggiunse, fermandola con una mano dietro la schiena e l'altra sotto le ginocchia. "Dai, Jess, ovviamente sei piena di dolori. Lascia che Wolf, Dude e Mozart vadano a prendere Benny al posto tuo. C'è qualcun altro nel bosco?"

Jess si agitava tra le braccia di Cookie. "Lasciami andare, Cookie. Ti prego. Diamine, devo andare da lui. È arrabbiato..."

"Jess. C'è qualcun altro nel bosco?" Dude scandì quelle parole con decisione. Aveva raggiunto Cookie e aveva preso con la mano il mento di Jess, costringendola a guardarlo negli occhi.

Jess si lamentava e ansimava. Infine, sussurrò: "Non

penso. Ho visto solo Brian. Ma non so come sia arrivato qui Kason. Qualcuno potrebbe aver aiutato Brian."

Dude baciò Jess sulla fronte e le rispose tranquillamente: "Te lo portiamo noi, Jess. Tu aspetta là."

Jess poté solo annuire, poi guardò gli altri tre uomini che uscivano dalla radura tornando nel bosco da dove era arrivata lei, quando scappava da Brian.

Cookie e Abe tornarono al parcheggio senza dire altro. Jess aveva la testa appoggiata al petto di Cookie e pregava che trovassero Kason tutto intero. Non aveva idea se lui l'avrebbe perdonata per le parole che aveva detto mentre cercava di far calmare Brian, ma in fin dei conti non le importava. Purché Kason fosse vivo, Jess sapeva che non avrebbe cambiato una virgola di quanto aveva fatto.

CAPITOLO DICIOTTO

Wolf, Dude e Mozart seguirono il percorso che Jess aveva fatto tra i cespugli. Riuscirono a vedere i punti in cui era caduta e quanto si era impegnata per cercare di distanziare Brian. Era evidente che correva per salvarsi la vita, e quella di Benny.

Non troppo lontano dal punto in cui avevano trovato Jess, grazie alle indicazioni di Tex, ritrovarono il loro commilitone. Benny era legato a un albero, ma si era quasi liberato. Aveva ancora delle corde legate strette intorno alle gambe, ma le corde che gli passavano sul torace erano ormai allentate.

Wolf gli si avvicinò col suo coltello militare e tagliò rapidamente il bavaglio e le funi intorno al petto, mentre Dude tagliava quelle all'altezza delle gambe.

"Brutto *stronzo*," sbottò Benny appena gli tolsero il bavaglio. "Ha preso Jess. Dobbiamo trovarla."

"L'abbiamo già trovata, amico. Sta bene. Tex ci ha chiamati. L'abbiamo trovata poco prima di trovare te."

Benny spostò le gambe di fianco e si abbassò con la fronte a terra. "Brutto stronzo," disse a voce bassa verso il terreno. "Brutto stronzo di uno stronzo."

Dude gli mise una mano sulla spalla, stringendo.

Riprendendo il controllo, Benny rialzò la testa e chiese: "Brian?"

"Morto."

"Meno male."

"Non siamo stati noi. Era già morto quando siamo arrivati. Lo ha ucciso Jess."

"Brutto stronzo." Stavolta le parole di Benny erano appena sussurrate.

"Aveva in mano un mattone quando l'abbiamo trovata. Brian era già morto. Probabilmente Jess deve averlo colpito almeno una dozzina di volte," disse Mozart a Benny, tranquillamente.

"Lei sta bene?" chiese Benny, rimettendosi subito in piedi, stentando. Era evidente che aveva le gambe addormentate, perché era stato legato a quell'albero per molto tempo.

"Sembra di sì."

Benny fece un passo, poi imprecò. Aveva dimenticato di avere i piedi nudi.

Wolf si mise seduto e cominciò a slacciarsi gli stivali. Senza dire una parola, si tolse le calze e le porse a Benny, che le prese, ringraziandolo. Non era il massimo, ma almeno con delle calze di lana tra i piedi e il terreno brullo sarebbe stato meglio. Si era già trovato in situazioni simili, in caso di emergenza. Diamine, uno dei mantra che i SEAL ripetevano sempre era "L'unico giorno facile era ieri". La seconda natura di tutti loro era fare ciò che era necessario.

Mentre Wolf e Benny si preparavano per tornare indietro al parcheggio, Mozart prese da terra il reggiseno di Jessyka. "Davvero un cavolo di trovata intelligente," mormorò sottovoce.

Capirono tutti cosa aveva fatto. Sapendo che nell'imbottitura del reggiseno c'era un dispositivo di tracciamento, se lo era tolto perché Tex potesse rintracciare Benny. Se non se lo fosse tolto, chissà quando lo avrebbero trovato. Probabilmente Benny si sarebbe liberato da solo prima che la notte terminasse, ma l'apparecchio di monitoraggio aveva accelerato il tutto.

Benny si alzò, sempre senza parlare, indossò le calze di Mozart e mise il reggiseno di Jess in una tasca dei pantaloni.

Lasciarono la zona molto più lentamente di come erano arrivati, lasciando le funi a terra, per le indagini della polizia, che sicuramente si sarebbe occupata di quella nottata da incubo.

I quattro uomini non parlarono, rientrando alla macchina, ciascuno perso nei propri pensieri. Wolf rifletteva su quanto vicino erano arrivati ancora una volta a perdere una delle loro donne. Mozart ringraziava il cielo dell'idea dei dispositivi di monitoraggio per controllare i movimenti delle loro donne, mentre Dude pensava a quanto fosse ammirevole la donna di Benny, il quale a sua volta rimpiangeva di aver lasciato cadere il suo coltello, quando lo avevano picchiato, facendogli perdere i sensi. Avrebbe potuto usarlo per liberarsi da quelle dannate funi, che lo legavano a quel cavolo di albero, prima ancora che Jess fosse coinvolta. Ma, ancora più importante, non vedeva l'ora di abbracciare la sua Jessyka, in un abbraccio senza fine. Lo aveva fatto spaventare a morte, era ansioso di rivederla di persona, per accertarsi che stesse bene.

———

Jess si rannicchiò nella coperta che Abe le aveva messo intorno alle spalle, quando si era accomodata sul sedile del passeggero anteriore nella macchina di Dude. Abe e Cookie erano in piedi lì vicino, facevano la guardia, per farla sentire più al sicuro. Abe aveva telefonato alla polizia, Cookie aveva chiamato Tex, il quale aveva ascoltato cos'era successo nella radura, era rimasto sempre in linea, ma aveva raccontato a Cookie che Wolf e gli altri avevano trovato Benny e stavano tornando indietro alla macchina.

Jess sentì Cookie che diceva a Benny che lei stava bene, le sembrava di essere in un tunnel, con lui in piedi alla fine del tunnel. Stentava a crederci, finché non vide Kason con i propri occhi. Non riusciva a togliersi di testa l'immagine di lui, legato all'albero, inerme. Diamine, ragionando sapeva bene che quella non era minimamente simile alle situazioni in cui si trovavano i SEAL, ma *lei* non lo aveva mai visto in una di quelle situazioni.

Lei lo aveva *visto* legato all'albero, quella notte, inerme, e non sapeva come fare per togliersi quell'immagine di mente, se non rivedendolo in piedi sano e salvo. Per il momento, lo immaginava solo con un buco in testa, come aveva minacciato Brian... e prima di vedere con i propri occhi che stava bene, sapeva che avrebbe continuato a vederlo così.

Jess sentì le sirene da lontano, ma non si curò di guardare verso la strada. Aveva gli occhi fissi sul bosco che aveva davanti. Si sforzava di intravedere il minimo movimento di Benny e degli altri. Finalmente pensò di vedere delle luci scintillare da lontano. Jess sentì Tex dire a Cookie che erano quasi arrivati, così si alzò.

Né Abe né Cookie cercarono di fermarla, anzi, condivisero la gioia e immaginarono il suo dolore, mentre lei si incamminava a fatica verso la foresta. Le faceva male l'anca, molto male, ma niente le avrebbe impedito di andare incontro al suo Benny. Sperava intensamente che la volesse di nuovo vedere, dopo tutto quello che aveva detto e fatto.

Finalmente le luci si avvicinarono e Jess riuscì a intravedere le forme degli uomini che stavano camminando verso di lei. Lasciò cadere a terra la coperta e camminò più veloce che poteva verso quelle deboli luci.

Benny alzò lo sguardo e imprecò. Chiaramente, quella pazza della sua donna era tutta dolorante, ma si stava comunque avvicinando, camminando più forte che poteva.

Le corse incontro, anticipando i suoi commilitoni, fino ad accogliere Jess tra le braccia. La sollevò da terra e le mise la testa di fianco al collo. "Cazzo," fu l'unica parola che riuscì a dire. Benny si accorse che i suoi compagni lo sorpassavano e proseguivano verso la macchina, ma non gli importava. Poteva solo ascoltare il battito del cuore di Jess, insieme al proprio.

Finalmente Benny tirò indietro un poco la testa, rimise Jess a terra e le mise le mani ai lati della testa, costringendola ad alzare lo sguardo, per fissarlo negli occhi. "Stai bene, bellissima?"

Jess riuscì solo ad annuire. Non le veniva in mente nulla da dire. Era tra le braccia di Kason. Aveva temuto di non sopravvivere per rivederlo, o che lui non sopravvivesse. Infine, disse le uniche parole che le venivano in mente. "Ti amo. Ti amo tantissimo."

Benny si abbatté con le labbra su quelle di lei, baciandola intensamente, poi la riprese tra le braccia. Con una mano dietro la nuca e un'altra intorno alla vita, la prese di nuovo in braccio e si avviò verso le macchine e verso i loro amici. Le gambe di Jess rimbalzavano su quelle di Benny, mentre camminava, ma a lui non importava.

Jess sapeva che probabilmente avrebbe dovuto mettere le gambe intorno alla vita di Kason, per aiutarlo a camminare meglio, ma non ci riusciva. Il fianco le faceva malissimo e pensava che muoverlo sarebbe stato azzardato. Quindi si abbandonò tra le braccia forti del suo uomo, lasciandosi portare come lui voleva.

Quando Benny arrivò alle macchine, la polizia era già arrivata, insieme a un'ambulanza e a un'autopompa.

Benny portò Jess all'ambulanza e fece un cenno col mento ai soccorritori perché aprissero le porte posteriori. Benny salì all'interno, senza mai lasciar andare la persona più importante della sua vita. Solo dopo averla appoggiata alla lettiga, nell'ambulanza, lasciò la presa.

"Lasciati andare, bella, lascia che il medico ti esamini."

Jess non lasciava andare la presa. "Sto bene, Kason. Te lo giuro," gli mormorò contro il petto.

"Ti credo, ma assecondami comunque."

A quel punto, Jess avrebbe fatto qualunque cosa Kason le chiedesse, quindi finì per lasciarsi andare e sdraiarsi sul lenzuolo bianco della lettiga.

"Non lasciarmi qui?" Jess sussurrò, mentre Kason si rialzava.

"Non vado da nessuna parte. Mi sposto soltanto." Benny si portò più avanti, in quello spazio ristretto, fino a trovarsi all'altezza della testa di Jess.

Benny osservò il medico che faceva a Jess delle domande, chiedendole come stava e se le faceva male da qualche parte. Lei disse di no, a parte il fianco. Spiegò di avere una gamba più corta dell'altra e disse che quando esagerava, le faceva male il fianco.

A un certo punto, nel bel mezzo della visita, una ispettrice della scientifica fece capolino nell'ambulanza, chiedendo di poter scattare delle fotografie di Jessyka. Jess aveva accettato e aveva chiuso gli occhi per non farsi abbagliare dal flash della macchina fotografica. Le scattarono un migliaio di foto, almeno così sembrò a Jess.

Quando finalmente la poliziotta se ne andò, Benny chiese al medico una salvietta disinfettante. La usò per pulire il viso di Jess dalle chiazze di sangue, passando poi al collo e alle mani. Infine, una volta pulita e accertato che Jess non correva alcun pericolo imminente, Benny permise ai soccorritori di esaminargli la testa.

La ferita alla testa di Benny era solo superficiale e niente affatto pericolosa, anche se aveva sanguinato molto.

Entrambi si rifiutarono di farsi portare in ospedale, dovettero firmare una liberatoria "contro il parere medico" per sollevare i soccorritori da qualunque responsabilità, in caso di ripercussioni. Poi Benny aiutò Jess a uscire dall'ambulanza. Appena fuori e in piedi, vicina al paraurti del veicolo, lui la riprese in braccio per tornare dai loro amici e dalla polizia.

Voleva parlare con Jess da solo. Sentiva il bisogno di farla sdraiare a letto, anche solo per tenerla stretta. Era andato fin troppo vicino al perderla, quella notte, doveva sentirla vicina, pelle a pelle.

"Benny, il tenente Walker ha bisogno di una tua deposizione. Anche tu, Jess," disse Wolf sottovoce.

Benny annuì, se lo aspettava.

"Vuole parlarvi separatamente."

Benny sentì che Jess agitava la mano contro di lui, per poi rilassarla di nuovo, come costringendosi a rilassarla. A Benny dava fastidio quella situazione. Ignorando il poliziotto e gli amici che stavano in piedi lì vicino, mise Jessyka piedi a terra e si abbassò, aspettando. Infine lei lo guardò negli occhi.

"Sarò qui. Potrai vedermi tutto il tempo. Digli tutto, Jess. Va tutto bene." Vide che lei annuiva e respirava profondamente.

Jess lasciò andare Kason e fece un passo all'indietro. Ce la poteva fare. Era sopravvissuta a quella notte, ora non era nulla, al confronto. Forse sarebbe andata in carcere, ma si sentiva confortata dal fatto che, se fosse stata arrestata, Kason e gli altri avrebbero fatto tutto il possibile per trovarle un buon avvocato, con la speranza di farla uscire su cauzione. Era spaventata a morte, ma almeno Kason era vivo... ora poteva affrontare tutto il resto.

Il tenente Walker prese a braccetto Jess e la aiutò a raggiungere la macchina della polizia. La fece sedere sul sedile anteriore e si accucciò davanti a lei.

"Sta bene?" chiese Abe a Benny, sottovoce, guardando da lontano il poliziotto che parlava con Jess.

"Sì, le farà male per un po'. Ha sforzato troppo sul fianco, stanotte, ma per il resto sta piuttosto bene."

"Probabilmente dovrà andare in terapia, dopo quello che ha fatto a Brian."

Benny ci pensò. Jess a lui non sembrava traumatizzata, ma non ne era del tutto certo. "Gliene parlerò."

"Se ha bisogno di qualcosa, può parlare con la dottoressa Hancock. Ha fatto miracoli con Fee," intervenne Cookie.

"Grazie, amico." Le loro voci svanirono, Benny si concentrò solo su Jess. Era rannicchiata nell'auto della polizia, doveva sbrigarsi a finire la deposizione, per poter tornare insieme al più presto. Benny sperava davvero che quel poliziotto non avesse intenzione di ammanettarla e di portarla alla centrale di polizia per arrestarla. Ma non era sicuro di cosa avesse detto Cookie ai poliziotti, quando li aveva chiamati. Conoscendo Cookie, probabilmente aveva spiegato la situazione in modo da tutelare Jess, per evitarle un arresto sul posto. Infine, il poliziotto si alzò e mise una mano sulla spalla di Jessyka. Poi si incamminò per tornare dai SEAL.

"Tanto per tranquillizzare tutti quanti, non vedo alcun motivo per doverla portare in centrale o arrestarla stanotte. Però dovrà presentarsi e rilasciare una deposizione dettagliata. Poi mi serviranno anche tutte le vostre deposizioni, ma penso che potremo aspettare domattina. Le abbiamo scattato delle foto, gli esperti della scientifica sono nel parco a scattare altre foto. Qualcuno di voi ha nulla in contrario a venire in centrale domani per presentarsi ufficialmente agli ispettori?"

Gli uomini furono tutti sollevati. Era tardi. Le loro donne erano ancora al locale che aspettavano di tornare a casa. Wolf aveva telefonato a Caroline per farle sapere che Jess e Banny stavano bene. Volevano tutti tornare a casa ad abbracciare le rispettive compagne.

"Nessun problema, tenente. Grazie. Ci verremo il prima possibile," rispose Wolf per tutti gli altri. Sapeva anche che Tex avrebbe messo insieme tutte le prove, consegnandole al tenente Walker. Quello che aveva registrato bastava di gran lunga per scagionare Jess e Benny.

"Bene, lo apprezzo. Gli esperti della scientifica dovrebbero finire qui..." il poliziotto indicò il bosco, "...presto. Allora ci vediamo domani... beh, ormai è già oggi."

Benny riusciva a pensare solo "grazie a Dio". Girò i tacchi e si diresse verso Jess. Lei alzò le braccia mentre lui le si avvicinava, aspettando che la raggiungesse.

Benny si abbassò e la prese in braccio, tenendola sotto le ginocchia e dietro la schiena. Jess gli mise le braccia intorno al collo, come aveva fatto prima, appoggiandogli la testa di fianco al collo. Benny la portò alla macchina di Dude e la fece accomodare sul sedile posteriore. Anche gli altri uomini salirono in auto, in silenzio, Abe salì con Dude, Jess e Benny, mentre Mozart e Cookie salirono in macchina con Wolf.

Dude avviò il motore e uscì dal parcheggio, per dirigersi al locale. In quel tragitto breve nessuno disse nulla. Dopo aver accostato nel parcheggio dell'*Aces*, Dude spense il motore dell'auto e disse: "Sono maledettamente fiero di te, Jess. Non so cos'è successo là nel bosco, ma è chiaro che hai usato la testa e così sei sopravvissuta. Da quanto ho capito, hai protetto Benny.

Abbiamo trovato l'apparecchio di rilevamento che ti sei lasciata dietro, ci ha portati dritti da lui. Ottimo lavoro."

Jess affondò meglio la testa nel collo di Kason e si limitò ad annuire, troppo sopraffatta per rispondere all'uomo enorme seduto al posto di guida. Le aveva parlato con voce gentile, ma in quel momento era comunque troppo, per Jess. Nella sua mente, riusciva a vedere solo le immagini che Brian le aveva messo in testa quella notte. Le immagini di Cheyenne e delle altre, ferite o uccise.

Dude uscì e aprì la portiera posteriore della macchina sul lato di Benny. "Ti serve una mano?" chiese a Benny.

"Ci penso io. Grazie, amico. Sono in debito."

"Non mi devi un cazzo, e lo sai bene."

Benny sorrise al suo amico. Poi aiutò Jess ad accomodarsi nel sedile anteriore della sua auto e le allacciò la cintura di sicurezza. Le baciò la fronte e le chiuse la portiera. Poi corse intorno al veicolo, sempre indossando solo le calze prese in prestito da Wolf, e salì in macchina. Fece manovra per uscire dal parcheggio e si diresse verso il suo appartamento. Non vedeva l'ora di stringere Jess e di dimenticare come erano arrivati entrambi troppo vicini al farsi ammazzare o ferire gravemente.

CAPITOLO DICIANNOVE

BENNY TENEVA JESS AL FIANCO, mentre con una mano armeggiava con la chiave del suo appartamento per aprire la porta. Non tolse il braccio dal fianco di Jess, continuando a sostenere il suo peso mentre l'accompagnava all'interno. Lasciò cadere le chiavi nella ciotola vicino alla porta, che chiuse mettendo la sicura dopo che furono entrati.

Senza mai lasciarla andare, Benny si avviò verso un mobile su cui si trovava una piccola busta, contenente due pillole di antidolorifico rimaste dalla visita che Jess aveva fatto in ospedale, la notte che Tabitha era morta. Quella notte non ne aveva avuto più bisogno, così Benny le aveva tenute in quella busta, appoggiata in una grande ciotola piena di altre cianfrusaglie.

Benny poi si voltò e si incamminò nel corridoio verso la camera da letto. Jess non disse una parola, rimase semplicemente aggrappata al fianco di Benny, seguendolo ovunque lui andasse.

Così arrivarono nella camera da letto principale. Benny la accompagnò in bagno, facendola sedere sulla tazza.

"Siediti, bella, dammi un secondo."

Jess fece come le chiedeva. Si sedette, mentre Benny l'aiutava tenendola intorno alla vita. Quando fu seduta, Benny le tolse le mani di dosso per andare a prendere un bicchiere da una mensola e riempirlo d'acqua. Poi estrasse le pillole dalla busta e le porse a Jess insieme al bicchier d'acqua. Lei prese pillole e bicchiere senza protestare, mandò giù le pillole di getto, poi bevve mezzo bicchier d'acqua, prima di ridarglielo indietro.

Jess guardò Kason che si girava verso il lavandino e tirava la tendina della doccia. Cominciò a giocherellare con le dita. Non riusciva a capire lo stato d'animo di Kason e cominciava a preoccuparsi. Non credeva che fosse arrabbiato con lei, ma dato che non le parlava, non poteva esserne sicura.

Kason controllò la temperatura dell'acqua mentre Jess continuava a fissarlo, poi lui si prese la camicia e se la sfilò da sopra la testa, facendola cadere sul pavimento. Poi si tolse le calze, si voltò verso di lei per guardarla negli occhi, mentre si sbottonava i pantaloni e abbassava la cerniera, lasciando cadere anche quelli sul pavimento. Gli occhi di Jess si spalancarono quando Kason si sfilò anche i boxer, lasciandoli cadere sul pavimento. Rimase così davanti a lei, completamente nudo, l'uomo più affascinante che aveva mai visto. Jess era confusa, ovviamente Kason non era eccitato e non si stava preparando a farsi una doccia... piccante. Il suo membro penzolava flaccido tra le gambe. Jess non l'aveva visto spesso non eccitato, non era sicura di cosa fare o di cosa stesse succedendo.

Benny sapeva che probabilmente Jessyka si stava agitando, ma non riusciva a pensare ad altro che a pulirla e a tenerla al sicuro tra le braccia. Le parole che lei aveva gridato a Brian quella notte continuavano a riecheggiargli nella mente. Lui aveva capito esattamente quello che lei aveva fatto, non era mai stato così inerme in tutta la vita. Gli capitava raramente di essere indifeso, scoprì di odiare quella sensazione.

Quando l'acqua raggiunse una temperatura piacevole, si avvicinò a Jess. Lei non si era mossa, il che bastava per fargli capire che probabilmente le faceva più male di quanto non avesse ammesso.

"Su le braccia," le disse Benny a voce bassa. Jess obbedì subito, lui l'aiutò a sfilarsi la camicetta da sopra la testa. Una volta tolta la camicetta, Benny le porse le mani con i palmi verso l'alto. "Lascia che ti aiuti ad alzarti." Jess non indossava il reggiseno, che si trovava ancora nella tasca dei pantaloni di lui.

Jess mise le mani tra quelle di lui e si appoggiò di peso per alzarsi. Benny si inginocchiò, sentì che Jess gli appoggiava le mani sulle spalle per tenersi in equilibrio, le slacciò le scarpe e gliele tolse dai piedi. Poi, sempre in ginocchio, le sbottonò e le aprì i jeans, tirandoglieli giù con attenzione. Le dette un colpetto sul piede destro, così lei lo spostò fino ad alzarlo da terra. Benny l'aiutò a stare in equilibrio su un piede solo, le sfilò i jeans dalla gamba, poi fece lo stesso con l'altra gamba.

Benny voleva procedere in modo clinico e metodico, ma non riuscì a trattenersi. Avendola così vicina, tutta intera, non poté fare a meno di avvicinarsi a Jess. Benny le mise una guancia sulla pancia e l'abbracciò, facendo riposare i palmi delle mani sulla sua schiena. Sentì le mani di Jess sulla testa che lo accarezzavano teneramente mentre lui si sentiva confortato dall'averla tra le braccia, sana e salva.

Infine, Benny alzò lo sguardo dalla posizione accovacciata in cui era, davanti a lei. "Stai bene, non è vero, Jess?" le sussurrò, sentendosi quasi fragile dentro.

"Sto bene," gli rispose Jess, sussurrando

Benny annuì e tornò ad appoggiare la fronte per un momento sulla pancia di lei. Finalmente, Benny respirò profondamente e si allontanò di un paio di centimetri. Poi le prese le mutandine su entrambi i fianchi e gliele tirò giù. Tenne ferma Jess, mentre lei se le sfilava.

Benny poi si alzò in piedi e la avvolse di nuovo con le braccia, accompagnandola fino alla vasca da bagno. Non permettendole di scavalcare la vasca da bagno, perché sapeva che le avrebbe fatto male, Benny la sollevò di peso per metterla sotto la doccia. Chiuse la tendina, dopo essere entrato con lei, poi si sistemarono entrambi sotto il getto, finché l'acqua non colpì la schiena di Jess.

Benny le mise le mani sui lati della testa e gliela

accompagnò all'indietro finché non fu bagnata dall'acqua della doccia. "Chiudi gli occhi, Jess, lascia che ti tolga di dosso questa nottataccia."

Benny sentì Jess che si scioglieva in quella presa. Si spruzzò in mano un po' dello shampoo di lei, per poi cospargerlo nei suoi capelli. Li lavò e li sciacquò due volte, prima di passare al balsamo.

Mentre il balsamo agiva, Benny girò Jessica fino a quando l'acqua le cadde direttamente in faccia. Appena lei provò a parlare, Benny la tranquillizzò dicendole: "Lasciami fare, bella. Lascia che ti pulisca."

Jess annuì e Benny si spruzzò un po' del suo gel doccia nelle mani. Voleva darle il suo stesso odore. Voleva strofinare la sua pelle con una parte di sé. Le passò le mani sul petto e sulla pancia, poi sulle braccia e sulle mani. Con le mani insaponate, andò a pulirle attentamente il collo e la faccia, assicurandosi di pulire bene ogni centimetro della pelle che aveva ricevuto gli schizzi di sangue di Brian. Dopo essersi spruzzato altro gel nelle mani, passò alle sue gambe. Le pulì rapidamente la zona dell'inguine, poi passò alla schiena. Quando Benny fu sicuro che Jess era pulita e che non le era rimasta addosso nemmeno una goccia del sangue di Brian, la fece girare e le sciacquò via il balsamo dai capelli.

Poi, mentre Jess stava sotto il getto della doccia, Benny si cosparse il corpo rapidamente di gel doccia, senza nemmeno guardare cosa faceva, tenendo gli occhi fissi su Jess. Fece un passo verso di lei, che a sua volta arretrò, finché l'acqua non andò a colpire Benny. Dopo un risciacquo rapido, Benny girò intorno a Jess col braccio e chiuse l'acqua. Poi se la tirò di nuovo al fianco e aprì la tendina della doccia.

Afferrò un asciugamani e asciugò ogni centimetro del corpo di Jessyka, prima di avvolgerla con il telo di spugna. La sollevò per farla uscire dalla vasca.

Benny la guardò voltarsi verso il lavandino per andare a prendere il suo spazzolino da denti. Anche lui si asciugò rapidamente, poi si avvolse l'asciugamano intorno alla vita. Benny prese lo spazzolino da denti, seguendo l'esempio di Jess. Quando furono entrambi pronti, si tolsero l'asciugamano di dosso e lo gettarono sul pavimento del bagno, senza curarsi di lasciare un mucchietto di asciugamani bagnati sul pavimento per tutta la notte. Benny prese in braccio Jess come aveva fatto nel parco. La afferrò con entrambe le braccia solle- vandola da terra, finché anche lei non lo abbracciò, aggrappandosi a lui. Fronte a fronte, andarono in camera da letto. Lui la rimise a terra, spostò le coperte del letto e incoraggiò Jess a salirci. La seguì, dopo aver spento la luce della camera.

Era ormai quasi l'alba. Dopo il rapimento, la corsa nel parco, il salvataggio, l'interrogatorio della polizia, il cielo del mattino si stava lentamente illuminando, il sole aveva fatto il giro del globo.

Benny mise entrambe le braccia intorno a Jess e se la tirò più vicina. Lei affondò la faccia nel suo petto e gli mise una gamba sul fianco.

"No, Jess, non voglio che sforzi quell'anca."

Benny mise la sua gamba intorno a lei, avvicinandola di più.

Rimasero entrambi tranquilli per un momento, godendosi la sensazione dei loro corpi, pelle a pelle. Fu Jess a interrompere il silenzio. "Non ero sicura che avrei provato di nuovo questa sensazione."

"Sono indeciso se sculacciarti per tutto quello che hai fatto stanotte, oppure se fare l'amore con te fino al punto che potrai sentire e pensare solo a me."

"Posso scegliere? Io andrei per la busta numero due."

Benny sorrise per un momento a quelle parole, poi tornò serio. "Davvero, Jess. Penso di essere invecchiato di dieci anni quando ho visto che ti spingeva in quella radura. Mi ha minacciato di ucciderti se non avessi fatto esattamente quello che mi diceva. Io ho lasciato passare del tempo, pensando di riuscire a scappare, una volta raggiunto il posto in cui mi voleva portare. Non so esattamente chi sia stato a legarmi a quell'albero, perché mi aveva bendato prima di portarmi nel bosco, poi ho visto che ti spingeva a terra davanti a me Ma cosa avevi in mente?"

Jess non sollevò nemmeno la testa, anzi, si avvicinò di più a Kason, che la strinse più forte con le braccia. "Mi ha mandato una foto dove eri privo di sensi e sanguinavi."

Senza lasciarla proseguire, Benny sbottò: "E allora?"

Jess allora alzò la testa e ripeté. "E allora?"

"Sì, e allora? Jess, io sono un SEAL. Non c'è niente che tu possa fare, come civile, per aiutarmi."

"Non è proprio così." Jess ora si stava innervosendo. "Non sei invincibile, Kason. Nessuno sapeva che eri sparito. Nessuno sapeva dov'eri. Solo quello stronzo che ha scattato quella fotografia, dove eri *privo di sensi* e *sanguinavi*, poi l'ha mandata a *me*. Ho pensato che, raggiungendo te, tu avresti escogitato qualche soluzione, mentre Tex ci avrebbe localizzati entrambi. Non sapevo che ti avrei trovato legato, senza le scarpe."

Jess singhiozzò, poi proseguì, ovviamente ora era lanciata. Benny lasciò che si sfogasse. Jess era così carina, quando si agitava. Pensò che non si sarebbe mai stancato di guardarla.

"Sapevo che Brian era uno stronzo, ma non sapevo fosse così *tanto* stronzo. Ho fatto l'unica cosa che mi è venuta in mente. Di certo non mi avrebbe lasciato troppa libertà di movimento. Non è che potevo dirgli 'ehi, mi tolgo il reggiseno perché c'è un apparecchio di tracciamento'. Diamine, Kason, ma perché cavolo sorridi?"

"Ti amo, Jess."

Jess interruppe la sua filippica e fissò Kason. Poi fece una smorfia e sbottò: "Ma vai a quel paese."

Benny le sorrise teneramente e se la avvicinò di nuovo al petto.

"Ti amo tantissimo, Kason. Ero così preoccupata per te."

Benny sentì le parole che gli aveva mormorato contro il petto, le mise una mano dietro la testa e la accarezzò.

"Lo so, bella, ti amo anch'io."

"Non sa.. non sapevo cosa fare."

"Sei stata eccezionale."

"Non indossavi le.. le scarpe," Jess stava piangendo, evidentemente aveva raggiunto il punto di rottura. "Stavano vio... violentando Ta... Tabitha."

"Lo so. Mi dispiace."

"Io non... non lo sapevo, Kason. Ti giuro che non lo sapevo."

"Ma certo che no, Jess. Non avrei mai creduto che lo sapessi."

"Così mi sono inventata tutto quello che gli ho detto."

"Jess. Buona. Lo *so*."

"Voleva tornare indietro per ucciderti. Ha de... detto che mi voleva far spa... sparare un proiettile nella tua testa. Poi ha detto che avrebbe vi... violentato Caroline e avrebbe scopato le altre ragazze. Non volevo che quel lercio le toccasse. Non volevo che tu... che tu morissi." Jess alzò la testa e guardò Kason negli occhi. "L'ho ucciso. L'ho colpito con un mattone che ho trovato. L'ho colpito di nuovo. Non mi sono fermata anche quando era a terra e non si muoveva più. Davanti a me vedevo solo Tabitha, te, Cheyenne e le altre... non mi dispiace. Lo rifarei, se dovessi."

Benny alzò le mani e prese la testa di Jess, tenendola ferma. Vide che aveva gli occhi gonfi e rossi, col naso che colava. Non gli era mai sembrata tanto bella. "Hai fatto bene. Sono così orgoglioso di te, che quasi scoppio. Non ti sei arresa, hai pensato con la tua testa, hai fatto quello che dovevi fare. Non mi entusiasma sapere che eri in quel bosco, tanto per cominciare, che ti sei messa a rischio. Mi dispiace tantissimo di non essere riuscito a salvarti o a proteggerti, ma ci sei riuscita da sola. Ti amo davvero tantissimo."

Benny baciò Jess una, due volte, poi si allontanò, senza lasciarle andare la testa. "Mi dispiace che tu abbia dovuto ucciderlo, non avrei mai voluto che questo peso fosse sulla tua coscienza, ma non mi dispiace affatto che sia morto."

Jess si morse il labbro, poi si imbronciò. "Non ho avuto la bella notte che mi avevi promesso."

A quelle parole, Benny capì che Jess sarebbe stata bene. Non vedeva alcuna ansia nei suoi occhi, non sembrava traumatizzata per aver ucciso Brian. Benny sapeva che il trauma poteva farsi sentire più tardi, il rimorso poteva nascere in seguito, ma in quel momento non era crollata, e di questo lui era molto grato. Le avrebbe comunque suggerito di andare in terapia, fino ad essere entrambi sicuri al cento per cento che stava bene, ma per ora era sollevato di vedere che Jess sembrava non essere sotto shock. Benny le baciò la fronte e la riabbracciò. "Avrai la tua bella nottata, tesoro, te lo prometto." Dopo un momento, le chiese: "Quanto ti fa male?"

"Diciamo da uno a dieci?" gli chiese Jess un po' assonnata, accoccolandosi tra le sue braccia.

"Sì, diciamo da uno a dieci."

"Diciamo circa dodici."

Benny fece un versetto con la gola per la sorpresa e si apprestò a uscire dal letto.

"Se ti muovi un altro poco sarò costretta a farti male," brontolò Jess, stringendo le braccia intorno a lui. "Sì, mi fa male. Ma voglio solo stare qui con te. Voglio sentirti addosso. Non sapevo se ti avrei mai più potuto abbracciare. Ho preso le pillole, presto mi faranno effetto. Starò bene. Ti prego, Kason. Concedimelo. Ne ho *bisogno*. Ti prometto che starò meglio, quando ci alziamo. Non correvo da anni, il mio corpo mi sta ricordando perché non dovrei imbarcarmi in lunghe passeggiate romantiche, tantomeno scappare nel bosco da uno stronzo pazzo psicotico. Per favore? Mi tieni stretta?"

"Se il dolore non migliora più tardi, andiamo dal medico."

"Promesso. Grazie. Ti amo."

"Anch'io ti amo, bella." Benny la baciò sulla testa. "Dormi. Domani, anzi ormai oggi, più tardi, cominceremo il resto della nostra vita insieme."

"Mi sembra giusto."

Benny tenne stretta Jessyka mentre lei si addormentava. Sapeva che nei giorni successivi avrebbero dovuto affrontare vari obblighi. Gli uomini della squadra dovevano rilasciare le loro deposizioni alla polizia. Jess avrebbe dovuto affrontare tutte le conseguenze legali per aver ucciso Brian. Benny credeva che non sarebbe stato un problema, dato il modo in cui Brian l'aveva maltrattata in passato. Sperava anche che in città ci fossero delle prove sulle sue attività legate allo spaccio di droga.

Dovevano anche affrontare Tammy. Se quanto Brian aveva detto a Jessyka era vero, anche lei era colpevole di aver prostituito la figlia, tanto quanto lo era Brian. Benny sapeva anche che Jess avrebbe dovuto affrontare psicologicamente tutto quanto aveva scoperto quella notte. Nelle ultime ore, erano stati in preda a scariche di adrenalina, lei non aveva avuto il tempo di elaborare tutto l'accaduto.

Ma Benny capì che sarebbe andato tutto bene. Tutto quel che le aveva detto quella notte era vero. Jess era una persona tosta e intelligente, aveva fatto bene a fidarsi di Tex per far venire la squadra in loro soccorso. Si era ritrovata in una situazione orribile che né lui, né gli altri della squadra avevano mai previsto. Non avevano mai immaginato che qualcuno potesse usare *loro* per attirare le donne, più vulnerabili, in situazioni pericolose. Su questo, avrebbero dovuto fare il loro esame di coscienza. Avevano pensato solo a monitorare le donne per tenerle al sicuro, ma chiaramente non avevano colto l'enorme punto debole di quel ragionamento. Brian era un idiota, eppure era riuscito a trovare l'unico modo per riprendere il controllo su Jessyka, come su un vassoio d'argento. Jess si era comportata al meglio in una situazione compromessa, in fin dei conti si era fidata di Tex e del resto della squadra, confidando nel fatto che li avrebbero ritrovati in tempo. Grazie a Dio, era andata così.

Benny tenne abbracciata Jess per molto tempo, quel mattino, mentre nella camera tornava lentamente la luce del giorno. La guardò respirare, non era mai stato così felice. Era viva. Anche lui era vivo. Si amavano. Gli sembrò di essere l'uomo più felice al mondo.

CAPITOLO VENTI

"Lo sai che sei stato un testone, vero?" chiese Wolf a Benny, mentre era completamente rilassato, con un braccio sulle spalle di Caroline, seduti al tavolo dell'*Aces* una settimana dopo il rapimento di Benny.

"Stai buono," rispose Benny al suo caposquadra e amico.

"Davvero, io non potevo andare da solo in quel seminterrato a tirar fuori Che, non so cosa ti faccia pensare di essere un *superman* o qualche altro supereroe e di poter accorrere a mani nude a salvare la tua donna." Le parole di Dude erano provocatorie, ma sapevano tutti che c'era più di un briciolo di verità.

"Sentite, potrei anche starmene qui a raccontarvi un sacco di frottole, dicendovi che avevo tutto sotto controllo e che non sarebbe stato un problema, se non mi avessero preso di sorpresa, ma sappiamo tutti che sarebbero tutte stronzate. Ho cannato alla grande. Lo ammetto. Avrei dovuto telefonare immediatamente a uno di voi, diamine, o anche a Tex, per vedere come stavano le cose. Sono stato addestrato meglio di così. Cavolo, se uno dei miei compagni si fosse comportato così, mi sarei incavolato nero."

Benny guardò Jess. Gli aveva appoggiato una mano sulla coscia, poteva sentire il calore della sua mano riscaldargli la gamba. L'aveva quasi persa. Si era dovuta fare carico di un'azione impensabile, uccidere un uomo, perché lui aveva ignorato tutta la sua preparazione, tuffandosi prima di guardare. "Posso solo dire che, quando Brian mi ha riferito che Jess era in pericolo, non sono più riuscito a pensare ad altro che a raggiungerla prima che potevo."

Tutti gli altri della squadra annuirono, lo capivano bene. Ci erano passati tutti. Lo capivano meglio di chiunque altro. "Ma ho imparato la lezione. Basta gesta da lupo solitario, d'ora in poi. Anche se, Dio non voglia, dovesse succedere di nuovo qualcosa. Siamo una squadra. Sempre. "Abbiamo bisogno gli uni degli altri. Non lo dimenticherò mai più."

"Speriamo bene," rispose Abe. Le sue parole un po' brusche furono stemperate da un sorriso. Benny si rilassò, contento che l'inevitabile paternale fosse superata.

"Non so da dove venga la mia fortuna di essere ancora qui seduta con voi, oggi," disse Jessyka agli amici e alle amiche intorno a lei, la sua voce era onesta e piena di emozione. "Cioè, ho sempre saputo che tra militari si creano dei gruppi molto affiatati, ma non avevo idea che fosse così."

Quando Caroline stava per intervenire, Jess alzò la mano per fermarla e continuò a parlare. "Vi ho guardati settimana dopo settimana al locale. Ho visto che ognuno di voi," indicò gli uomini, "trovava una donna perfetta. Abe, tu mettevi sempre al primo posto le donne con cui uscivi, ma a loro ovviamente non interessava di te. Poi hai trovato Alabama. La guardavo, mentre si assicurava che il tuo boccale di birra fosse sempre pieno, ti ordinava da mangiare quando arrivavi dopo una lunga giornata di lavoro, ti faceva anche tornare a casa prima degli altri, quando sapeva che eri troppo stanco."

Jess guardò Alabama che appoggiava la testa alla spalla di Abe, mentre lui la baciava, per poi riportare l'attenzione a Jess. "E tu, Cookie. Sei dovuto arrivare fino in Messico per trovare Fiona, ma sei stato molto tenace nella tua lotta per tenerla sempre al sicuro. In cambio, lei dà sempre il massimo per soddisfare ogni tua esigenza, che si tratti di lasciarti sedere con la schiena al muro, oppure di farti un massaggio alle spalle quando sei teso. Mozart, tu eri una persona sofferente. Provavi sempre un certo rancore contro tutti, si vedeva chiaramente. Summer ti ha aiutato a lasciarlo andare, sostituendolo con l'amore. Alla fine, il tuo amore per lei è diventato più importante della tua vendetta personale."

Jessyka si sbrigò a terminare. Gli sguardi che si

sentiva addosso potevano farla scoppiare in lacrime in ogni momento.

"E Dude, non so se te ne eri mai accorto, ma non usavi mai la mano sinistra, la tenevi sempre sulla coscia. Non capivi che il fatto che avessi solo una parte della mano non interessava un fico secco a nessuno dei tuoi amici, e le persone a cui importava non erano degne di essere tue amiche. Cheyenne era fatta per te. Non ti ha mai visto come una persona incompleta, ferita. Lei vede solo il tuo cuore.

"Caroline, tu e Wolf siete stati il magnete che ha dato il via a tutto questo." Vedendo i loro occhi soddisfatti, Jess proseguì. "Lo so, pensate che sia una pazza, ma volevo essere proprio come voi, ragazze. Tutte le altre qui avevano lo stesso desiderio. Mostravate a tutti come doveva essere una relazione sana e positiva. Da quando siete arrivati, anche gli altri clienti hanno smesso di comportarsi da maiali e hanno cominciato a fare attenzione a ciò che è importante nella vita.

"Sapevo che eravate tutti amici, ma pensavo fosse finita lì. Non avevo idea che il vostro rapporto non fosse solo di amicizia, siete una vera e propria famiglia. Io volevo farne parte, ma non avrei mai nemmeno lontanamente sognato di riuscirci, certamente non così." Jess guardò Kason. "Ti amo tantissimo, da impazzire. Farei qualunque cosa per te. Mi consegnerei nelle mani di un pazzo psicotico ogni giorno della mia vita, se ciò significasse tenerti al sicuro."

Benny rispose con un leggero grugnito e le si avvicinò, sollevandola per mettersela sulle ginocchia, in modo che potesse continuare a rivolgersi agli altri.

Jess continuò a parlare in braccio a Kason. "Io pensavo che la psicoterapia fosse per gli schizzati." Quando Hunter sembrava sul punto di intervenire, Jess si affrettò a proseguire. "E pensavo che sarei stata bene, dopo tutto quello che è successo... ma grazie all'insistenza di Fiona, mi sono fatta un esame di coscienza e ho capito che è normale aver bisogno di parlare a qualcuno di quanto è successo. La mia situazione è molto diversa da quella di Fiona, di Alabama, di Summer e anche dalla tua, Cheyenne, ma solo perché mi fa bene parlare a uno specialista di quanto ho fatto, di quanto hanno fatto Brian e sua sorella, non significa che sono una schizzata o che dovrò assumere psicofarmaci per tutta la vita:"

Jessyka tirò fiato, contenta di aver detto tutto quello che sentiva il bisogno di dire, prima che qualcuno potesse interromperla. Le poche sedute con la terapista di Fiona a cui aveva partecipato, per quanto all'inizio non fosse convinta di doverci andare, l'avevano aiutata. Probabilmente avrebbe continuato ad andare dal terapista per parlare di tutto quanto era successo, anche se in quel momento si sentiva già a posto con se stessa.

"Però penso che abbiamo superato tutti quanti abbastanza drammi nelle nostre vite. Potremmo, magari, vivere da persone normali senza perderci, senza farci rapire, senza che qualcuno ci usi per vendicarsi, almeno per qualche settimana? Cioè, cos'altro potrebbe succederci?" terminò Jess, esasperata.

Tutti quanti mormorarono scuotendo le teste.

"Santo cielo, Jess, non puoi dire queste cose," brontolò Cookie. "Davvero, porta iella."

"Ma va, è tutto passato. D'ora in poi saremo destinati a vivere in modo facile, normale. Dopo tutto, ognuna di noi si è trovata il suo uomo e stiamo tutti bene," intervenne Caroline, quasi stesse dettando legge.

"È vero. Ora che abbiamo trovato tutte il nostro compagno e che ci siamo sistemate, non dovremmo più affrontare altri drammi," disse Cheyenne, d'accordo con Caroline.

"Non abbiamo ancora trovato tutti l'anima gemella, però," puntualizzò Jess.

"Eh? Mi dispiace doverti contraddire, bella, ma nessuno di noi ha intenzione di lasciar andare la propria compagna. Ormai siete prese," disse Benny, mentre annusava il collo di Jess.

"Tex," ribadì Jessyka molto concretamente. "Anche lui di fatto fa parte della squadra. E da quel che ho capito, non ha nessuna."

Rimasero tutti in silenzio per un momento, poi intervenne Dude. "Sai, non ci siamo mai messi tranquilli a discutere con Tex di tutte queste faccende, ma lui è molto più sensibile per la sua gamba di quanto non lo fossi io per la mia mano."

Era vero. Tex tesseva le lodi della protesi che indossava, da quando si era dovuto allontanare dalla marina per ragioni di salute, ma sapevano tutti molto bene che scherzava un po' troppo sulla sua disabilità, rideva quando le donne lo allontanavano, una volta scoperta la sua ferita grave.

"Ma Dude, Tex fa parte della squadra. Anche lui ha il *diritto* di trovare l'anima gemella. Diciamocelo, se noi siamo riusciti a trovarci, ci riuscirà anche lui." Jess si appoggiò a Benny, riposando la testa sulla sua spalla, con la guancia contro il suo petto. Poi gli mise un braccio intorno alle spalle e con fare assente giocherellò coi suoi capelli, all'attaccatura del collo. "Non so come, non so dove, ma l'avete detto voi, ragazzi, Tex può trovare chiunque, a prescindere, quindi ho la netta sensazione che troverà anche la sua donna, in un modo o nell'altro."

A migliaia di chilometri di distanza, dall'altra parte del paese, Tex digitava rapidamente sulla sua tastiera.

Mel? Ci sei? Non ho tue notizie da un po'.

Dopo qualche minuto, non ottenendo risposta, Tex tentò di nuovo.

Sono preoccupato per te. Per favore, rispondimi. Mi manca il tuo sarcasmo. ;)

Non ricevendo ancora risposta, Tex cercò un'ultima volta di contattare la donna con cui chattava da qualche mese.

Se non mi rispondi, dovrò fare qualcosa di drastico per essere sicuro che stai bene. So che non hai mai voluto parlare al telefono o scambiarci delle foto, ma devo sapere che stai bene. Io ti ho già dato il mio numero di cellulare, ti prego di chiamarmi.

Tex si alzò e si sistemò la protesi prima di incamminarsi in cucina a prendere qualcosa da mangiare per cena. Riportò il suo piatto nella stanza in cui aveva il computer, dette un'occhiata ai tre monitor appoggiati alla sua scrivania, controllando le coordinate GPS che venivano mostrate costantemente su una mappa. Sorrise. Tutti i suoi amici e le loro donne si trovavano al momento all'Aces, molto probabilmente mangiavano e si divertivano da buoni amici.

Tex voleva bene a tutti loro, gli faceva piacere far parte della loro vita, aver contribuito a metterli insieme. Usare il suo computer e le sue capacità per rintracciare le persone lo faceva star bene, anche se gli capitava spesso di non sentirsi un granché. Da quando era uscito dall'esercito, gli mancava la sensazione di far parte di una squadra. Aveva perso i momenti di adrenalina dopo una missione completata con successo.

Aveva tagliato i ponti con tutto ciò che amava, non aveva ancora trovato una nuova motivazione nella vita. La marina era sempre stata la sua vita. Però era anche sempre stato molto bravo con i computer. Tra le sue abilità informatiche e alcuni dei famigerati criminali che aveva incontrato nella vita, aveva trovato il suo nuovo ambiente.

Da un lato era geloso che i suoi amici avessero trovato delle donne meravigliose con cui passare il resto della vita, ma Tex non gliel'avrebbe mai detto.

Tex ripensò alla conversazione che aveva avuto con Jess, la compagna di Benny, l'altra sera. L'aveva chiamato per ringraziarlo, perché si era accorto molto alla svelta che c'era qualcosa che non andava, la notte in cui Benny era stato usato come esca per attirarla fuori dall'*Aces*. Poi gli aveva fatto la paternale dicendo che era stupido monitorare solo le donne. Le sue argomentazioni erano convincenti, aveva spiegato a Tex che se quella notte avessero potuto rintracciare Benny, che era stato rapito dal suo ex pazzo, lei non avrebbe mai dovuto mettersi in pericolo.

Per come l'aveva messa Jess, Tex non poteva che essere d'accordo. Così, anche i sei SEAL della marina che aveva conosciuto così bene negli ultimi mesi erano dotati di nuovi apparecchi di monitoraggio.

Si erano opposti a indossare quei dispositivi quando erano fuori dal paese, in missione, ma Tex aveva spiegato loro che lui sarebbe stato l'unico a sapere dell'esistenza di quegli apparecchi, che non sarebbe stata una cattiva idea avere una protezione in più, trovandosi in paesi stranieri per delle missioni pericolose, fin troppo pericolose perfino per molte squadre di militari. Così avevano accettato di inserire quei dispositivi nei loro zaini. Tex avrebbe voluto obiettare che gli zaini potevano essere persi o rubati, ma le donne erano così soddisfatte e sollevate che lui lasciò perdere.

Tex tornò allo schermo del suo computer, cercando di non pensare ai suoi amici. Sperava che quello fosse l'ultimo dei loro drammi, ne avevano passate molte nell'anno trascorso.

Cliccò su qualche pulsante della tastiera, fissando la chat che usava per comunicare con Melody.

Utente sconosciuto

Tex cliccò freneticamente altri pulsanti, poi imprecò a mezza voce e si appoggiò allo schienale della poltroncina, mettendosi le mani nei capelli. Aveva cancellato il suo account. Non si era solo scollegata, aveva tagliato l'unico modo in cui potevano comunicare tra loro.

Comunicavano da mesi, non gli aveva mai indicato o fatto capire che c'era qualcosa di strano, ma Tex aveva intuito qualcosa, come un presentimento. Ovviamente aveva ragione. La conosceva abbastanza bene da sapere che era troppo educata per sparire senza neanche una parola... almeno così credeva.

Non avevano mai avuto conversazioni intime, ma si erano raccontati molto, anche pensieri personali. Melody era l'unica persona a cui aveva detto quanto si sentiva inutile, quanto odiasse la sensazione di incompletezza, anche se era stato lui a pregare il medico di togliergli la gamba spappolata. Le aveva perfino raccontato del suo dolore ipnotico, un dolore che sentiva continuamente alla gamba, anche se la gamba non c'era più.

Melody aveva capito. Gli aveva detto tutte le cose giuste. Ma ripensandoci Tex capì che non gli aveva mai *raccontato* davvero qualcosa di lei. Oh, sapeva che le piaceva mangiare messicano e che il suo colore preferito era il rosa, ma non si era mai aperta facendogli confidenze più importanti, raccontandogli qualcosa di più della sua vita.

Si tirò su le maniche della camicia e si buttò sulla tastiera del computer. Se Melody pensava di poter cancellare il loro contatto così facilmente, anche solo eliminando il suo account, avrebbe presto cambiato idea.

I SEAL dicevano sempre che Tex poteva rintracciare chiunque, era giunto il momento di mettere le sue capacità a disposizione... di se stesso, per una volta. C'era qualcosa che non andava. Avrebbe trovato Melody e avrebbe scoperto cos'era successo. Sperava solo non fosse troppo tardi.

Libro 7, *Proteggere Melody*, in arrivo!

NOTE

CAPITOLO TRE

1. Basset Hound, Bloodhound e Coonhound sono tre razze di cani da caccia, o segugi.

CAPITOLO UNDICI

1. La RumChata è un liquore alla crema con latte, vaniglia, cannella e zucchero.

CAPITOLO DODICI

1. Amaretto Sour è un cocktail.
2. "Lock" significa "lucchetto, serratura".
3. "Stud" significa "stallone", mentre "Turtle" significa "tartaruga".
4. "Sloth" significa "bradipo".

Salvare Macie

Mercenari di Montagna

Difendere Alle

Difendere Chloe

Difendere Morgan

Difendere Harlow

Difendere Everly

Difendere Zara

Difendere Raven

Ace Security *(Prossimamente)*

Il riscatto di Grace

Il riscatto di Alexis

Il riscatto di Bailey

Il riscatto di Felicity

Il riscatto di Sarah

In inglese:

Delta Force Heroes Series

Rescuing Rayne

Rescuing Aimee (novella)

Rescuing Emily

Rescuing Harley

Marrying Emily (novella)

Rescuing Kassie

Rescuing Bryn

Rescuing Casey

Rescuing Sadie (novella)

Rescuing Wendy
Rescuing Mary
Rescuing Macie (novella)

Delta Team Two Series

Shielding Gillian
Shielding Kinley
Shielding Aspen
Shielding Jayme (novella) (Jan 2021)
Shielding Riley (Jan 2021)
Shielding Devyn (May 2021)
Shielding Ember (Sep 2021)
Shielding Sierra (TBA)

Badge of Honor: Texas Heroes Series

Justice for Mackenzie
Justice for Mickie
Justice for Corrie
Justice for Laine (novella)
Shelter for Elizabeth
Justice for Boone
Shelter for Adeline
Shelter for Sophie
Justice for Erin
Justice for Milena
Shelter for Blythe
Justice for Hope
Shelter for Quinn
Shelter for Koren

Shelter for Penelope

SEAL of Protection: Legacy Series

Securing Caite

Securing Brenae (novella)

Securing Sidney

Securing Piper

Securing Zoey

Securing Avery

Securing Kalee

Securing Jane (Feb 2021)

SEAL Team Hawaii Series

Finding Elodie (Apr 2021)

Finding Lexie (Aug 2021)

Finding Kenna (Oct 2021)

Finding Monica (TBA)

Finding Carly (TBA)

Finding Ashlyn (TBA)

Finding Jodelle (TBA)

Ace Security Series

Claiming Grace

Claiming Alexis

Claiming Bailey

Claiming Felicity

Claiming Sarah

Mountain Mercenaries Series

Defending Allye
Defending Chloe
Defending Morgan
Defending Harlow
Defending Everly
Defending Zara
Defending Raven

Silverstone Series

Trusting Skylar (Dec 2020)
Trusting Taylor (Mar 2021)
Trusting Molly (July 2021)
Trusting Cassidy (Dec 2021)

SEAL of Protection Series

Protecting Caroline
Protecting Alabama
Protecting Fiona
Marrying Caroline (novella)
Protecting Summer
Protecting Cheyenne
Protecting Jessyka
Protecting Julie (novella)
Protecting Melody
Protecting the Future
Protecting Kiera (novella)
Protecting Alabama's Kids (novella)
Protecting Dakota